U0024543

淘寶黃金手

第二輯 卷十二 超級對決

大結局(完)

羅曉 著

目錄

淘寶黃金手 第二輯

第一七六章

眞情流露

王欣的爸爸、媽媽、二叔和二嬸都跑出來，
媽媽一見到女兒，頓時眼淚嘩嘩地就流下來了，
上前抱住女兒，兩人抱頭痛哭。
周宣看到母女倆真情流露，也是唏噓不已。

在王欣輕言細語的詢問下，那隻鸚鵡抬眼瞧了她一眼，仍然沒有什麼舉動。

不過，在一邊的那個老闆娘十分興奮，王欣剛剛說的話在她耳裏聽來，像是一陣鳥叫聲，那鸚鵡雖然沒有發出叫聲，但王欣說話後，那鸚鵡明顯抬眼看了看她，說不定還真有戲呢。

王欣又問道：「你有什麼難處就跟我說，也許我真能幫你呢，但你要是不說的話，我也無能爲力。我要走了，我再問你最後一次，你要不要我幫忙？」

那鸚鵡聽王欣說話的語氣頗爲真誠，在籠子裏竄了幾下，然後才對著王欣說話，王欣聽到牠說道：「你真的可以幫我？人類不都是想拿我們換錢嗎？你又怎麼會幫我？」

王欣笑笑道：「我跟其他人不一樣，你想，其他人有了解你的嗎？沒有吧？我能聽懂你的話，你可以把我當成你的同類，相信我的！」

那鸚鵡猶豫了一下，便對王欣說了起來：

「那我就告訴你。我是從美洲叢林裏被抓來的，到了這裡後，曾經憂鬱了好一陣子，後來也想開了。可是就在兩個月前，我在這兒認識的一隻中國鸚鵡生病死了，我很喜歡牠，可惜我救不了牠！牠死後，我就得了憂鬱症，也更想家了，可是我失去自由，出不去這個籠了，很快，我也會被賣到哪個顧客手中。只怕等待我的命運，也跟那隻鸚鵡一樣了，遲早是個死！」

原來是這樣！王欣想了想，沒說話。

周宣走上前對那個年輕的女老闆說道：

「老闆娘，你這些小鳥，需要多少錢才能賣？」

那女老闆一愣，以為周宣是在開玩笑，哪有人會這樣問？這麼問，自然是隨口問問罷了，不會當真，要是真想買寵物的人，會先挑選好一個目標再買下來，但周宣從頭到尾都沒有細看這些動物，就更別談說喜歡牠們了。

其實周宣自然是讀到了牠們的思想，又見王欣很想去幫那隻鸚鵡，就先問了出來。

那女老闆隨口說道：「兩萬塊，你要買就給這個數！」

寵物店裡一共有六隻鳥，並不算多，除了那隻鸚鵡最貴重，其他的小鳥並不是很值錢，賣價大都在兩三百到七八百元不等，只有那隻鸚鵡最值錢，但自從牠不說話之後，價錢就大跌了，到現在，那隻鸚鵡反而成了最難出手的一件了。

周宣想也不想便掏出了皮夾，看了看，裏面只有三四千美金，沒有人民幣，剛剛在銀行給王欣轉賬的時候，竟忘了領一些人民幣出來急用，便對那女老闆說道：

「老闆娘，我沒有人民幣，美金收嗎？」

那女老闆當即說道：「收，怎麼不收？」

在沿海一帶的城市，港幣和美金都能使用，因為外國人很多，而且很多店還附帶換鈔，

從中賺取一些差價，利潤有時候比一天營業額都要多，也成爲他們一個很不錯的收入來源。

周宣當即數了三千五百元美金，然後說道：「我給你三千五百元，應該夠兩萬人民幣了，你數一下吧！」

那女老闆一下子張大了嘴，沒想到周宣竟然真的會買，便趕緊把錢拿在手中，又問了一次：「你真的要買嗎？」

周宣自然是不會反悔的，王欣也很高興地跟那鸚鵡嘰嘰喳喳地說著。

周宣把錢付了之後，王欣又問了小動物們的想法念頭，然後便點點頭道：「那好，你們準備好了嗎？」

那老闆娘還以爲王欣是真的喜歡這些小動物，趕緊幫她把裝那六隻鳥的籠子提起來，放到店外，準備幫她拿上計程車。

周宣笑著對王欣說道：「王欣，你是這個意思嗎？」說著比劃了一下，做了一個飛的動作。

王欣微笑著點點頭：「是啊，就是那個意思！」

周宣「嗯」了一聲，然後把籠子的門打開，把鳥放了出來。

那老闆娘吃了一驚，怔道：「你……你幹什麼？」

周宣把手一揮，說道：「去吧，回家去吧，飛得遠遠的，不要再被抓到了！」

那六隻鳥便都飛了出來，在周宣和王欣的頭頂上空盤旋了一陣，然後才飛走，轉眼間，天空中便只剩下幾個小黑點，再過幾秒鐘，連黑點都不見了。

王欣微微一笑，感激地瞧了周宣一眼，雖然沒有說話，但兩人都明白互相的意思。

然後，兩個人走出寵物店，往大街上走去。

那女老闆呆了一陣，直到看不到兩人的背影時，才惱怒地說道：「兩個瘋子！」拍了拍手中的鈔票，懊惱不已，心想：早知道就該把價錢開高一點了。

周宣之所以只買下小鳥，是因為鳥有翅膀，能飛行，而別的小動物，即使他買下來，也無法放生，牠們一旦離開寵物店，如果沒有人領養帶回去照顧，就這樣放歸自然，就只有死路一條，根本無法生存。在大城市裡，牠們又能跑到哪裡？恐怕連幾條街都跑不出，就被汽車壓死了。

而鳥就不同了，尤其是這幾種鳥，都是擅長遠距離飛行的，即使飛回美洲，雖然路途遠，也可能會遇到許多危險，但也好過同現在一般，被關在籠子中。

在大街上轉過一條街，周宣低聲問王欣：「王欣，如果我們現在回你老家，你是想要飛行呢，還是坐車回去？」

王欣幾乎是想也沒想，便立即回答道：「坐火車！」

周宣愣了一下，有些不明白，這麼多年沒有回家了，難道不想家，不想親人嗎？為什麼還要慢慢坐火車回去？

王欣似乎明白周宣的疑惑，笑道：「我很想家，也很想親人，但這可能是我最後一次在國內坐火車了，就當是一次旅遊吧，我想慢慢享受這個過程。」

「哦，原來是這樣啊！」周宣恍然大悟，但王欣還有別的意思卻是沒有說出來，那就是她想跟周宣一起慢慢享受二人在一起的世界。

周宣是個有能力的好人，這在和他的交往中就能感覺到。之前，周宣對那些黑幫雖然很凶狠，但反過來想，那些人對普通無辜者又何嘗不凶殘？所以，周宣用那麼狠的手段對付他們，並不為過。

而且，如果周宣不那麼對待他們，他們仍會繼續肆意妄為、危害社會，不知道還會殘害多少生命，所以，對付那些人並不冤枉。

走了一段路，王欣覺得腳有些痠了，便說道：

「周大哥，我們搭計程車吧，到火車站再說！」

周宣便跟王欣一起搭乘計程車到火車站，在窗口中買了兩張到丹江口的車票，不過不是直達車，中途會先到達漢口，再到襄陽，最後才回到丹江口。

他買的是兩張臥鋪，上火車後，找到他們的車廂，臥鋪上鋪著雪白的被褥，看起來很乾淨。周宣一上車，睡意正濃，便立刻躺下睡著了。

王欣本想想跟周宣說說話，見他躺下便睡，只得也和衣躺下，生著悶氣。

十五分鐘後，火車啓動，一陣有節奏的聲音中，火車慢慢增速，愈來愈快，沒幾分鐘的時間，車窗外的景物已經快到看不清楚了。

王欣偷偷地看了看周宣，見周宣背對著她，似乎已經睡熟了。

看著這個身形似乎些單薄的年輕男子，王欣當真如同在做夢一般，無論如何也想不到，她在遇到周宣後，生活會發生這麼大的變化！

這是普通特快車，要回丹江口的老家，需要十五個小時左右，要到明天才能到家了。雖然特意坐了火車慢慢回家，但王欣心裏還是激動不已，只是表面上沒有顯露出來。

她已經四年沒回老家了，如何會不想家？與家人的聯繫，都是靠書信往來，連越洋電話都很少打，因爲嫌電話費太貴，捨不得打，寧願把打電話的錢省下來寄給父母。

這段時間，周宣一直都處在興奮狀態中，這一鬆懈下來，當真是一頓好睡。幾個小時後，王欣買了中餐來給他吃，吃完後，周宣又繼續呼呼大睡，好久沒睡過這樣的好覺了，

幾個小時後，終於到了丹江口站。

半小時前，興奮的王欣已經把周宣叫醒，與周宣看著車窗外的景物，不禁又嘆息又高

興。

老家的變化很大，以前十分荒涼的地方，現在都變成熱鬧的集市，高樓大廈一棟棟的建起，完全沒有記憶中的樣子。

這種感覺很強烈。尤其是王欣，她已經四年多沒回來了，老家翻天覆地的變化讓她太驚訝了。

兩個人沒有帶行李，都是空手，王欣背了一個包包，裏面裝了現金和證件之類的東西。走出擁擠的火車站，街道上開闊敞亮了許多，王欣活潑地東看西看，昔日的感覺又回來了，在路邊的一個小攤前停了下來，向老闆要了一碗涼粉。

王欣回頭對周宣道：「我很喜歡家鄉涼粉的味道，酸酸辣辣的，又爽滑，天熱的時候，我最喜歡喝一碗，又便宜又好吃！」

王欣不顧形象地一口氣喝完一碗，然後才問周宣：

「周大哥，你也喝一碗吧！」

周宣其實早就流口水了，這種又酸又辣的東西很開胃。王欣便再要了一碗遞給他。

周宣很不客氣地接過來，喝了第一口後，嘴裏就感受到一股既熟悉又遙遠的味道，這種當地美食，哪怕只有一塊錢一碗，但周宣覺得比在外面吃一千塊一碗的燕窩魚翅都要美味。

兩個人又各喝了一碗，這才停了下來。

王欣付了錢，然後到銀行去辦了一張銀行卡，並提了二十萬元的現金出來。

周宣陪著她到超市裡去買了一些禮物，兩人本來沒有帶任何行李，出了超市後，大包小包，兩隻手都快不夠用了。

拎了這麼多東西，周宣索性叫了一輛計程車。司機一聽說要到鄉下，當即開口說要兩百塊錢才肯去。周宣二話不說就付了兩百塊錢，讓王欣阻止都來不及。司機當即笑呵呵地下車，幫他們把禮物放到後車箱中。

王欣咬著唇，與周宣坐上車，在車上又瞄了周宣一眼，氣他隨便花錢，不知節制。以後自己做他助理的話，一定得把他亂花錢的習慣改過來。當然，王欣並不知道周宣有點物成金的本事，錢財對他來說，永遠取之不盡，用之不竭，沒有盡頭。

計程車開了近一個小時才到鎮上，然後又開了半個小時鄉間小路，才到了王欣的家。

村子裏應該是有人在擺酒祝壽，從外面就能看到客廳裏掛了祝壽的毯子，毯子上面用百元大鈔貼著「壽」字。

王欣在車裏說道：「這是我二叔家，蓋了兩層樓的新房！」說著，又指著這棟房子旁邊的老木房說道：「那就是我家！」

下車後，司機幫忙把後車箱中的禮物取了出來，地上放了一堆，村裏來一輛計程車是很

稀奇的事，圍了一堆大人小孩過來觀看。

王欣和周宣雖然穿得不是很豪華，但比起農村的衣著來講，還是很新潮。

人群中，有個三十來歲的中年男子看了一陣，猶豫了一下問道：

「你……你是達成哥家的大丫頭吧？你是王欣嗎？」

王欣笑嘻嘻地道：「是啊，表叔，是我，我爸媽都在家吧？看樣子，今天是我二叔在擺酒祝壽吧？」

那個表叔當即點頭，叫道：「達成哥，達禮哥，王欣回來了，王欣回來了！」人群中頓時如炸了營一般。

王欣也認出了許多人，除了一些小孩認不出來，大人基本上都能認得出來，一一打了招呼。

那個表叔又說道：「王欣，現在變得這麼漂亮，差點認不出來了。聽你爸說，你留學還有半年才回來，怎麼提前回來了？」

王欣笑著說道：「我已經畢業了，提前回來，是因爲有一家公司已經跟我簽了工作合約，所以就先回家來處理一下事情！」

這時，王欣的爸爸王達成、媽媽劉春花、二叔王達禮和二嬸吳琳也都跑出來，劉春花一見到女兒，頓時眼淚嘩嘩地就流下來了，上前抱住女兒，兩人抱頭痛哭。

周宣看到母女倆真情流露，也是唏噓不已。王欣的爸媽，看表面就能看得出來，衣著寒酸，面容也有些蒼老，應是生活的艱辛所致，她的二叔二嬸看起來就富態多了，她的二叔大約三十來歲，二嬸更顯年輕，不過二十七八歲，打扮穿著不差。

王欣哭了一陣，兩人才止住鬆開手，王欣對幾個人叫了起來：

「爸，二叔，二嬸！」

王達成趕緊道：「孩子媽，孩子千里迢迢回來，不累也疲了，趕緊讓女兒回家裏坐吧！」

王欣才轉頭對周宣道：「周……大哥，走吧，到我家裏！」

這時，眾人才發覺還有周宣這麼一個人的存在。

王欣的二叔王達禮首先打量著周宣的樣子，然後問道：

「王欣，這個是……是你男朋友？」

在鄉下，女孩子帶男人回家，通常就被會視爲是男朋友，否則帶了不是男朋友的男人回家，就會被人說成不正經，行爲不檢。

王欣臉一紅，吱吱唔唔了一聲，也沒有說明，不過，她的這種表情讓王達禮等人更加確認了，周宣就是她的男朋友。

王欣的二嬸吳琳瞄了瞄周宣，穿著雖然還可以，但看起來也極爲普通，當即說道：

「達禮，趕緊過去吧，我哥請了劉鎮長，人已經到了，趕緊去招呼招呼，王欣先回家坐會兒，等一會兒，帶你朋友到二嬸家吃飯，一百八一桌的包席，很好的菜！」

周宣一聽王欣二嬸的話，便皺了皺眉，她這個二嬸，看來很愛炫耀，對自己家親哥哥的女兒還要這樣，未免就太那個了。

王欣的爸爸有些訕訕地對周宣說道：「到……到家裏坐……」

周宣當即笑道：「伯父，別客氣，別當我是客人，隨便點！」

王達成和劉春花趕緊幫周宣和王欣提禮物。

王達禮跟著吳琳一邊走，一邊瞄著這些禮物，看到有鮑魚以及高級魚翅時，不免有些意外。他這個侄女雖然在國外留學，但因爲留學，而讓家裏欠了十幾萬的債務，這幾年，王達成的收入以及王欣從國外寄回來的打工錢，還了將近一半，還欠了八九萬的樣子。

王欣從小又節儉，從來捨不得吃捨不得穿，家裏現在還要供她弟弟在城裏上大學，兩姐弟都很爭氣，只是家境實在太差，供兩個大學生念書，已經耗盡了王達成夫妻的精力，家裏更是捉襟見肘。

現在王欣回來，帶的居然都是些高檔東西，看看就知道，絕不低於兩萬塊，這可不是兩百塊還是兩千元，侄女是絕對捨不得買兩萬塊的東西，如果有這兩萬塊，她一定會先拿去還債，也不會來花到這上面。

正猜測著，劉鎮長的到來，惹來一眾人的興奮。

這劉鎮長可是個大人物。在要進家門時，村口的街道上開過來一輛黑色的本田車，車停下後，從車上下來兩個男人，一個三十歲左右，另一個三十五六歲的樣子。

王達禮和他老婆趕緊上前迎接，一邊大聲說道：

「劉鎮長，您……您怎麼親自來了？當真是貴客啊，請請請……」

吳琳也上前低聲跟那個三十歲左右的男子說道：「哥，快請劉鎮長到屋裏坐！」

那個人是她親哥哥吳天，三十五六歲的男子，就是鎮長劉雄飛。

在進王達禮家時，那劉鎮長掃了周宣等人一眼，眼光最後落到了王欣臉上，停留了許久。跟在他身邊的王達禮趕緊說道：「劉鎮長，裏邊坐吧！」

劉鎮長有意無意地問道：「小王啊，那是誰啊？這女孩子，好像不是王家村的人吧，以前沒見過！」

王達禮笑道：「那是我大哥的女兒王欣，在日本留學，今年是第四年，剛剛才回來，我們都不知道她回來了。」

「哦，原來是個留學生啊，呵呵，了不起，了不起！」劉鎮長笑著稱讚道，「聽說你哥今年剛送了一個兒子到城裏念大學，倒沒聽說你們家還有一個留學日本的女兒啊。真沒想到，老王一個普普通通的農民，還能養出兩個名校生，當真是了不起！」

周宣在遠處哼了哼，那個劉鎮長根本沒注意到他，但周宣卻從劉鎮長的眼中看到了垂涎好色的眼光，說的話也不是真心的。

王達成的家還是多年前的老房子，這些年送一對兒女上學，已經耗盡了他所有的能力和金錢，家裏過得一貧如洗，房子也沒有錢整修。村裏稍有能力的，大多都已經將老屋翻新，修得最好的，就是他弟弟王達禮的家。

王達禮在王家村是首富，挺會做生意的，家裏過得十分紅火，在村裏人還停留在摩托車的階段時，他就已經買了汽車。

在堂屋坐下來，一張老桌子，漆已經脫落了一大半，地上還是泥土地，一般人的家中，至少都是用水泥鋪平的地了，條件好些的，就如王欣的二叔王達禮的家裏，甚至已經貼了全瓷的地磚。

看到女兒回來，王達成夫妻倆早就樂開了花，只是女兒意外地又帶了一個男人回來，不免就有些拘謹了。

王達成泡著茶，劉春花也急急地說道：「女兒，你陪著你的朋友坐一會兒，媽給你們下一碗麵，很快就好！」

王欣拉著她媽的手道：「媽，別忙了，好好坐下吧，我們吃過了，一點兒也不餓！」

周宣也說道：「阿姨，您就坐一會兒吧，別把我當客人，我老家也在丹江口，不是外人，大家都一樣，沒什麼客不客的！」

周宣謹慎地說著話，剛剛所有人都誤會他是王欣的男朋友了，不過，此時他也沒有什麼好解釋的，說得太多，或許反而會傷害到王欣，因爲周宣看得出來，王家村的人都有些瞧不起他們家，即使是她的親叔叔夫妻倆也是一樣。

王達成夫妻一向過得清貧，基本上沒見過什麼高級禮品，王欣和周宣帶回來的那些東西，看起來就很貴。王達成忍不住埋怨了女兒幾句：

「回來就好，還買這些東西幹嘛，又不是去別的親戚家，花這些冤枉錢。看這些東西，起碼得幾百上千的，太浪費了！」

王欣嘻嘻一笑，心想：如果自己說這些東西花了整整兩萬塊，老爸不知會怎麼樣？

不過，王欣還是沒有說出來，怕嚇到父母親，想了想，把皮包拿了過來，然後對父母說道：「爸，媽，這裏有二十萬的現金，你們把欠的九萬塊債還了，剩下的留作家用，還有……」

說著，又拿出兩張銀行卡說道：「爸，這兩張銀行卡裏有很多錢，你們拿好，到城裏買一套房子，好好的生活，再讓弟弟安心念書！」

王達成和劉春花夫妻看著桌上一大堆的現金，又看到那兩張銀行卡，女兒的話，把他們

嚇得呆了！

好半天後，王達成才清醒過來，趕緊把錢和卡片推到王欣面前，嚴肅地道：

「女兒，你是不是惹了什麼大禍？還是做了什麼違法的事？我們家雖然窮，但卻不需要你做這樣的事，我跟你媽再辛苦，只要你們姐弟倆人爭氣就夠了，我們不需要那麼多錢，你趕緊拿回去還了！」

王欣苦笑了一下，然後說道：「爸，媽，你們難道還不知道女兒是什麼樣的人？放心吧，這錢來得乾乾淨淨的，是女兒賺的，這個……」又指著周宣說道：

「爸，媽，這個是我的老闆周宣，我就是替他工作，年薪一百萬美金，我給你們的一千萬，是老闆預付的獎金，不是違法犯罪弄來的髒錢！」

王欣這麼說，她父親和母親都是怔怔的不相信，主要的還是數目太龐大了，讓他們不敢相信。但桌上的二十萬，卻又是實實在在的擺在那兒。

呆怔了一會兒，王達成趕緊說道：

「女兒，你究竟做了些什麼？爸媽從小就告訴過你啊，人窮不要緊，窮要窮得有尊嚴，不乾不淨的錢，再多我們都不能要。爸媽年紀大了，心裏想的也就是你姐弟倆的事，只要你們過得好，一家人平安就心滿意足了。」

王欣不禁苦笑起來。別說是父母不相信，便是她，之前也同樣不信，直到看到周宣的特殊能力後，這才相信的。但王欣知道，她絕對不能把周宣有異能的事說出來，所以一時也不知道該怎麼對父母解釋明白。

周宣早已經讀到了兩位老人的想法，想了想，說道：

「王叔，阿姨，不知道你們有沒有聽說過丹江口武當山下，有一家姓周的人家？」

這裏離武當山很近，周宣的老家離這兒只隔了三四十里路。

周家在當地早已經是名聲遠揚了，村裏的人幾乎都知道，他們一家人遷到了城裏，周宣又娶了華人首富傅家的獨生女，傅家還把全部的財產都轉給了周宣。都羨慕周宣的運氣，同樣是人，為什麼周宣就有這好的運氣？

周宣這麼一問，王達成夫妻都是一愣，隨即說道：

「姓周的？聽到過，你說的是哪個姓周的？」

周宣笑道：「是叫周宣的一個年輕人，紐約傅家的孫女婿，你們可有聽說過？」

第一七七章

天文數字

這時王達成才真的相信了。

如果是周宣的話，是真的有能力付出這個數目的薪水，

一百萬對於他們這種農民來講，是個天文數字，

但對周宣來說，不過是九牛一毛罷了，

根本是不引人注意的零花錢而已。

王達成早就想到了這個名字，但不知道周宣問這人是什麼意思，等到周宣明確地說出來後，當即點頭道：

「當然聽說過了。周家娃子有福氣又有運氣，比中了彩票還要強百倍千倍，這件事丹江口有誰不知，哪個不曉？」

周宣又笑道：「王叔，我的名字就叫做周宣。」

王達成隨即笑道：「你的名字也叫周宣？呵呵，小夥子啊，你雖然也叫這個名字，但跟那個周宣可沒有一樣的福氣，人家的福氣可是齊天的，就跟天上掉下來的一樣。」

王達成這樣說著，話意中以為這人不過是同名同姓而已，根本就沒把這個周宣跟那個周宣想到是同一個人。

周宣笑笑又道：「王叔，其實我就是那個周宣。我們是同一個人。」

這句話一說，王達成夫妻倆都呆怔了起來，好一陣子才急急跑到屋子裏面，幾秒鐘後，王達成手中拿了一張報紙出來，看著周宣，對照著報紙上的圖片，這才傻傻地道：

「你真的是那個周宣？」

不由得他不信，報紙上的圖片中，周宣的照片跟他本人一模一樣，做不得假。

這張報紙是一年前，王達成在弟弟王達禮家拿回來的。那個時候，整個丹江口都在傳著周宣的事情，沒有一個不羨慕他的。

王達成把那張報紙拿回家，貼在房間的牆上，日日夜夜都見到周宣的照片，卻從沒想到過，今天他會見到周宣本人，這時比對起來，還真是同一個人。

周宣笑吟吟地又問道：「王叔，你相信我就是那個周宣了嗎？」

王達成和妻子又對著報紙看了看，再看了看周宣，禁不住點點頭道：「信了，你就是照片中這個人。」

王達成又狐疑地看了看女兒，再問道：「女兒，他不是你男朋友嗎？不是你男朋友的話，你帶回來幹什麼？」

王欣趕快解釋道：

「爸，媽，周大哥是我的老闆，因為他老家也在這兒，我說要回家一趟，把家裏的事安排一下，所以他想順路回來看看。爸，媽，現在你們明白了？這些現金，不是我偷來搶來的，是我老闆給我的獎金，也算是預支的薪水，所以，你們就放心拿著吧。不要像以前過得那麼苦了，女兒現在有工作了，有能力讓你們二老和弟弟過得好了。」

周宣也說道：「王叔，您就安心拿著，王欣是用能力得到這份工作的，也許在您或者其他人看來，這筆錢數目有點大，但對我來說，她是值得我付出這麼多的。」

這時王達成才真的相信了。如果是周宣的話，那他是真的有能力付出這個數目的薪水，一百萬對於他們這種普通農民來講，是個天文數字，但對周宣來說，不過是九牛一毛罷了，

根本是不引人注意的零花錢而已。

就在他們發愣的同時，王欣的二叔王達禮和二嬸吳琳大搖大擺地進來了。

王達禮先對王達成笑道：

「哥，有件好事要跟你說一下，天大的喜事啊。」

王達成一怔，心道：女兒回來，又找了份這麼好的工作，已經是天大的喜事了，難道還有什麼事能比得上這樣的喜事？

進來的吳琳，本來眼睛是向上的，一副盛氣凌人的味道，不過，當她一眼掃到桌上滿滿一袋子的現金時，不禁怔了一下，那兩張銀行卡倒是沒有什麼奇怪的，但那一袋子的百元大鈔可著實讓她傻了眼，至少有一二十萬吧？大概是侄女在日本打工賺來的。這幾年賺下這些錢，倒是夠她還債的了。

想了想，便將瞧不起人的眼神收了起來，然後笑吟吟地道：

「王欣啊，二嬸告訴你這個大喜事。」

王欣詫道：「二嬸，什麼大喜事啊？」

吳達成和劉春花也驚詫地望著吳達禮夫妻倆。

吳琳笑容滿面地說道：

「王欣，大哥大嫂，剛剛來我們家的劉鎮長，你們也看到了，今年三十三，年輕有爲，是個大人物，只是老婆在三個月前出車禍過世了，剛剛來我們家時見到了王欣，呵呵呵，他說是一見鍾情啊！王欣，雖然說你是國外留學回來的，但現今這個社會，女人家，書讀得再好都不如嫁得好。嫁漢嫁漢，穿衣吃飯嘛。如果嫁了這個劉鎮長，那你一生吃穿就不用愁了。再說，你們也看到了，劉鎮長年紀也不大，比王欣只大了八歲，長得也挺有福相，你看……」

王欣的臉色當即沉了下來，毫不猶豫便道：

「二嬸二叔，你們是我的親叔叔親嬸嬸，怎麼能說這樣的話呢？我就當沒有聽見這話，你們回去吧。」

吳琳沒料到王欣竟然會這麼直接又肯定的拒絕，當即惱道：

「王欣，就因爲你是我們的侄女，我們才這樣關照你，不是說笑的，要等著嫁給劉鎮長的女孩子，早排了長隊去，要知道，過了這個村就沒有這個店了。你雖然是個留學生，但想要有穩定的生活，光文憑是不夠的，而且我們……當然，你爸媽也都可以得到劉鎮長的照顧！剛剛劉鎮長也說了，如果你答應，他馬上就幫你爸媽買一套房子，把你們全家都接到市裡生活，你想……」

「別說了！」王欣再次斷然打斷了吳琳的話，冷冷道：「誰想嫁誰嫁去，不就是一個小

小的鎮長嗎？值得你這樣跑腿丟臉，不顧親情了？」

吳琳也惱了，伸手一拍桌子惱道：

「王欣，別狗咬呂洞賓不識好人心！什麼叫一個小小的鎮長？別以為你在外面賺了點錢，回來就上了天的樣子，現在，一二十萬算個屁，在大城市裏還不夠買一個茅房的！跟了劉鎮長，要什麼沒有？要錢有錢，要身分有身分，你還想怎麼樣？」

「一二十萬？」王欣嘿嘿冷笑道，「不是我炫耀，你們也就那點眼光了，知道我回來是幹什麼的嗎？我就是回來安排我爸媽過好日子的，這兩張卡裏有一百萬，是我給爸媽的養老錢，這只是我一年的薪水，一百萬美金的年薪，不知道你們了不了解是個什麼概念？」

王欣本不是個愛炫耀的人，但二叔二嬸實在是太氣人了，也太傷她的心了，這是自己的親二叔嗎？

王達禮和吳琳兩口子都呆了一下，隨即又都冷笑起來，顯然不相信王欣的話，想了想，然後轉頭對周宣冷笑道：

「就是你？小子，告訴你，這裏是王家村，不是你的地盤，少來這裏打我們王家的主意，趕緊給我滾！」

王達禮轉念間把怒氣發到了周宣身上，他認為這都是因為周宣而引起的。王欣把他帶回家，顯然他是她在外面交的男朋友，一切事都壞在了他身上，先把他趕走再說。

「你……老二，你……怎麼能對我們家的客人說這種話？」一向老實，從不跟弟弟爭執的王達成也紅了脖子紅了臉，跟王達禮惱怒起來。

「你……你給我出去！」

王達禮壓根兒也沒想到，從來都不敢對他發脾氣的大哥這時候真的發脾氣了。難道他不想依靠自己的關係了？

「哥……你這是什麼意思？為了一個無關緊要的外人跟我發火？」王達禮火大了起來，當即質問起王達成來。

劉春花看不過去，也在一旁說道：

「達禮，爸媽去得早，你算是我跟你哥拉拔大的，我們從不指望你能報答，但你也不應該這麼對你哥和我。這些年你發財了，可曾幫過我們什麼？這幾年，王欣和她弟弟上學，到處著急借錢，你又借了我們多少？你是我們的親弟弟，王欣的親二叔，卻連一分錢都沒借給我們，當真是……」

一想起當年的事，劉春花便氣不打一處來。親弟弟反而還不如外人。

王達禮臉紅了一下，站起身惱道：「嫂子，你這話是什麼意思？那……那時，我不是剛做生意，手頭也很緊嗎？」

王達成擺擺手，淡淡道：「算了，你們好好過你們的日子吧，我們過我們的日子，大家

互不往來，你們就別來害我們家王欣了。」

哥哥嫂嫂既然這麼表示，王達禮夫妻倆也沒有話說了，只是想不通的是，老實到了極點的老夫妻倆，怎麼會有這麼高的氣勢來頂撞他們？難道是因爲王欣回來了？那兩張卡裏說是有一百萬，怕是嚇唬他們的吧？

王達禮嘿嘿冷笑了笑，他又不是傻子，在生意場上可是打過滾的，一百萬就算是紙，那也能壓死人，又豈是說有就能有的？還一百萬美金的年薪呢，她以爲她是誰啊？

兩個人臉色鐵青地轉身出去，把木門用力一甩，「轟隆」一聲，差點都摔落了。

看到王達禮和吳琳夫妻倆氣惱地離開，王達成的臉色也難看到了極點。

王欣哼了哼道：「爸媽，別管他們了，我沒有這樣的二叔二嬸，趕明兒我到市裡給你們買一套房子，先住下來，別在村子裏待了，你們也該享享福了。」

王達成和劉春花都是搖了搖頭。王達成說道：

「女兒，我們在鄉下住慣了，在城市裏肯定過不慣的。你既然有好的工作，那就安心地去工作，只要你跟你弟過得好，我們就放心了。」

王欣眼睛頓時濕潤了起來，伸手擦著眼睛。

周宣笑道：「王叔，阿姨，我很高興你們一家人感情這麼好，這樣吧，你們就在老家先住上兩個星期，我先帶王欣到那邊安排一下，然後再回來接你們二老過去。以王欣的能力和收入，你們一家人的生活沒有半點問題，這樣可以嗎？」

王欣呆了一下，然後也欣喜起來，瞧著周宣，很是感激。

因為王欣知道，去國外，父母生活自然是不成問題的，但周宣願不願意就不一定了，畢竟那裏是他的私人領地。

當然，王欣不知道，周宣的想法是忽然決定的，父母親到紐約後，除了跟傅天來、傅玉海聊天，基本上也沒別的可說話的人，王達成、劉春花跟他的父母一樣，都是純樸的鄉下人，如果這兩個老人家過去，那父母肯定是高興之極。

王達成還是有些猶豫，沉吟了一陣，然後才問道：「真的可以嗎？不會給你們造成什麼負擔嗎？」

周宣笑著正要回答，忽然間，木門一下子被人撞開，好幾個人衝了進來，邊叫道：「騙子在哪裡？敢到我們鎮來行騙，當真是狗膽包天了！」

周宣早探測到了，但沒有作聲，王欣和她的父母都給這個變故嚇到了。

進來的是四五個身穿警服的警察，之後又陸續進來六七個人，一時間把屋子擠得嚴嚴實實的。

王欣和周宣不認識這些人，但王達成夫妻卻認得，後面進來的那些人，有三個是村裏的

領導、村長支書會計等等，還有幾個鎮上的工作人員。王達成知道，這肯定是劉鎮長搞的鬼！

其實周宣早就探測到了，在王欣家中聊天時，他便聽到了王達禮家中，那個劉鎮長跟王達禮幾個人的談話內容。

剛剛周宣和王欣還沒進家門的時候，劉鎮長就看見了王欣，一時驚爲天人，便和吳琳的大哥一起來到王達禮的家。

眾人坐下後，王達禮立即堆起了笑容，湊上前問道：「您有什麼事就吩咐吧！」

劉鎮長擺擺手道：「老王，不用那麼客套，你比我歲數大了幾歲，還是叫我小劉吧，實在不行，就叫我劉鎮長吧！」

王達禮夫妻和吳琳的哥哥都呆了呆，從沒見劉鎮長這麼好心情過，因爲他對下面的人一向是擺足了官架子的，現在顯然有些反常，讓他們都猜測不到到底是什麼原因！

「小……小……」王達禮說了幾下，終究還是說不出「小劉」二字，臉紅道：「劉鎮長，您有事還是直說吧，我實在不習慣！」

劉鎮長呵呵笑道：「不用那麼拘謹，你既然這麼說了，那我就直說了吧，呵呵我……你也知道，我的妻子幾個月前車禍去世了，作爲一個機關領導，平時忙於公務，上級也很擔心我的私生活，幫我介紹了一些對象，但我都不是很中意，畢竟是要生活一輩子的伴侶，得好好考慮，我是想……」

王達禮愣了一下，不過老婆吳琳一下子接過了話，道：「哦……劉鎮長，您是不是……看上了我們大哥的女兒王欣？」

劉鎮長立時笑而不答，瞧著吳琳和王達禮只是微笑。

吳琳趕緊說道：「劉鎮長，這個我可不是吹牛，我這個侄女，自小聰明伶俐，成績優秀，到國外留學都是拿的全額獎學金，只是家裏經濟不太好，家裡爲她念書還欠下了十多萬的債務。不過今天你也看到了，我這侄女好像還帶了一個男朋友回來……」

王達禮當即打斷了她的話，說道：「什麼男朋友不男朋友的？我大哥家教嚴得很，劉鎮長……不不不，小劉……」

王達禮一心想要跟劉鎮長攀上親戚關係，甚至連稱呼都很自然地改了過來，又說道：「小劉，這件事就包在我身上，我大哥是個老實人，只要把事實情況說明，他就能明白，什麼是對他們有好處，什麼是對他們沒有好處的！」

劉鎮長點點頭，笑呵呵地道：

「老王，那這件事就麻煩你了。還有……王欣才剛畢業，沒有工作經驗，想要找一份好工作是很難的，你就對她這麼說吧，只要她願意，她的工作我來安排，就到政府機關裏任個職務吧，時間長了，前程是很遠大的！」

劉鎮長想了想，又對王達禮說道：「老王啊，聽說你最近在搞工程啊？呵呵，預建的高速公路要經過我們鎮，如果你願意的話，不如你來承包這個工程？嘿嘿嘿，肥水不落外人田嘛！」

王達禮當即大喜起來，劉鎮長的話，當真是讓他心癢難搔啊，他前段時間就知道新公路要通過這個鎮，很多建商都在忙前忙後到鎮上打聽路子。要是劉鎮長有這個意思，和他一起合夥開個公司，劉鎮長可以拉攏生意，他來承包路段，不是一舉兩得嗎？

誰都知道，公路的建設，那是寸土寸金啊，公路就是用錢堆出來的。全鎮要經過的路段有八十多公里，聽說一公里投進去的經費就有幾千萬；如果是山區有隧道有橋梁的地方，一公里更高達一億。

如果與劉鎮長沒有很鐵的關係，那怎麼能拉攏他？要是他娶了王欣，那劉鎮長以後就是他的親侄女婿了，這種關係還有什麼不好說的？以後就是財源滾滾了！

夫妻倆頓時被樂昏了頭，連連答應著，還打了包票。在他們的想法，只要跟大哥王達成說一下，大哥大嫂還不高興死啊？這樣的好事，哪裡都找不著，這就是運氣啊！王欣今天剛回來就被劉鎮長看到，真是巧得都不能再巧了！

於是，夫妻倆趕緊到王欣家中去說媒，卻不曾想碰了一鼻子灰。灰溜溜地回去跟劉鎮長一說，劉鎮長的臉頓時黑了下來！

王達禮又急又怒，直是哼哼道：「這王欣，也不知道是哪根筋不對，好像鬼迷了心竅一般，難道是給那個男的迷住了？」

劉鎮長一怔，問道：「什麼男的？」

吳琳趕緊對劉鎮長說：「是我侄女今天帶回來的那個男人，看樣子王欣對他很不錯，不過，我倒是覺得那男的不怎麼樣。聽他的口音，像是我們這兒的本地人，難道是她一起留學的同學？」

劉鎮長臉色陰沉地思索起來，想了想陰陰地道：

「我打個電話，叫派出所來幾個人，把這個男的弄到所裏查一查，可別是個什麼騙子！」

王達禮夫妻倆自然是完全倒向了劉鎮長一方，聽到劉鎮長這麼一說，當即道：

「對對對，把這傢伙抓到派出所好好審一審！我看他的樣子就不像好人，肯定是王欣年輕不懂事，容易上當。現在的人，又有幾個是有真本事的？放著劉鎮長這麼好的人不選，要那樣的人，那不是豬油矇了眼是什麼！」

劉鎮長也不避著他們，當即拿了電話打通了派出所。

鎮派出所自然全力配合鎮長的指揮，二話不說，直接跟鎮長保證，馬上配合上級命令。

劉鎮長之所以不避著王達禮夫妻，就是要故意在他們面前顯露一下自己的權力，這對夫

妻本就是趨炎附勢之徒，只是沒想到，以他的權力誘惑，居然引誘不了王達成那對窮夫妻，更沒引誘到王欣。

越是得不到的東西，劉鎮長就越是想要得到，而且，一想到王欣那嬌艷甜美的樣子，心中就越發地發狠，一定要把這個妞兒弄到手！

這些事周宣早已清楚探測到，所以在那些人湧入王家時，他一切都瞭如指掌，沒有半分的慌張。

王欣是知道周宣的能力的，但這裏是國內，還有父母在家，如果惹下什麼事，那她父母就麻煩了，所以心裏很是焦慮。

那些湧進來的人，一眼便找到了周宣。因爲這個屋子中，除了周宣一個年輕男人外，就只有王達成這個老頭，剩下王欣母女，自然都不是他們的目標了。

一聲喊後，所有人都朝周宣湧了過去，伸手的伸手，打人的打人。不過，就在一刹那間，所有人都接二連三地朝門外摔出去。

其實，不算是摔，更像是飛，他們是被周宣一個接一個扔出去的，紛紛摔在門外的馬路上，跌了一地。

這些人因爲情勢變化太快，還沒搞清楚是怎麼回事，就都躺在了地上，渾身疼痛不說，腦袋也昏沉沉的。而屋裏的王達成夫妻也不明白是怎麼回事。現在，屋裏就只剩下他們四個人了。

王欣驚慌地道：「周大哥，這……這……」

周宣安慰她道：「放心吧，沒事，你又不是不知道，沒有什麼人能傷得了我。我不是指我的能力，而是指我的身分。這些人，無非是拿了雞毛當令箭的芝麻小官，在外面作威作福，遇到比他們更強的人，他們就只是一條蟲罷了。」

聽到周宣這麼說，王欣才放心了些。

那十幾個人給摔得七葷八素的，好半天才恢復過來。雖然沒有看清楚是怎麼回事，但知道一定與那個男人有關。

尤其是那五個警察。剛剛那一下，在迅雷不及掩耳之中，就把他們十多個人摔了出來，並且沒有一個人看清楚是怎麼回事，這個能力，即使是練過的，那也是絕頂的高手！

幾個員警相互瞧了一眼，臉上都有些變色，想了想，每個人都掏出了手槍，然後小心謹慎地再度進入屋裏。

周宣正瞧著門口的方向，幾個員警持槍進來，一點兒都沒有害怕慌亂的表情。

「舉起手，蹲到地上！」其中一個大聲吆喝著，把槍口對著周宣大叫著。

周宣冷冷道：「我們是犯人嗎？我們犯了法？首先，我告訴你們，拿槍對著一個平民，你們就已經違反了紀律！除非我是嫌疑犯！但是，很不幸的告訴你們，我不是！」

「少廢話，趕緊雙手抱頭！」那員警槍口一擺，然後說道：「就憑你剛剛對我們出手的事，我們就能告你襲警！知道襲警的罪名嗎？我們就憑這一點就能對你開槍，只要你拒捕！」

周宣嘿嘿冷笑道：「是不是只要我反抗一下，你們就以拒捕的罪名對我開槍了？」

「廢話少說，你蹲不蹲下？再囉嗦就開槍了！」那員警又大聲喝起來。

周宣冷冷道：「我現在可以跟你們走，但我說一下，你們要為現在做的事情負責。」

「負你媽的責！」那員警見周宣一服軟，上前一槍柄砸在周宣的肩頭上，但周宣身子沒有半分動搖，反而是把那員警給震得手直發疼，心想：這傢伙果然是練過的，尤其是像練過硬功夫一類的。

周宣朝王欣說道：「王欣，帶著你的父母在城裏等我，到時我再給你電話，這邊你就不要擔心了！」

周宣說這話時，聲音很小，其他人都沒在意，但王欣聽得很清楚，心裡放心了些。看那個劉鎮長不是好惹的，還是跟父母商量一下，趕快想辦法離開吧，否則在這個地頭上，是鬥不過他的。周宣雖然能力出眾，但畢竟還是不要惹出什麼事比較好。

周宣冷笑著，任由那幾個員警把他給拷上帶出去。

那幾個員警抹了一把冷汗。本以爲還要費一番手腳，沒想到，這樣厲害的一個人，在他們的槍口下還是服了軟，看來還是武力最直接。

到門外後，一個員警對在外面的一個工作人員說道：「工作完成，跟劉鎮長彙報一下，我們把人先帶回去審一審再說！」

此時，他們已經把周宣當成了手中的玩物，再狠的人，到了他們手中，又哪裡還有逃脫的可能?!

第一七八章

超級後臺

周宣打了電話後，就冷冷地盯著張所長和劉鎮長兩個人。
劉鎮長想跑又跑不動，而張所長已被周宣嚇破了膽，
在聽到周宣打的電話後，不禁後悔起來，
難道這個讓他們驚訝的人還有什麼超級後臺嗎？

把周宣帶到外邊後，一左一右有兩個員警夾著他，把周宣推到警車上。那個劉鎭長此時也跟在後面上了車。

上車時，王達禮還鞠躬哈腰，諂媚地說道：「劉鎭長，您放心，這事我一定跟我大哥好好說說！」

劉鎭長在車裏對王達禮說道：「一切都拜託你了！」

車一開動，坐在周宣右邊的員警便喝道：

「老實點，剛才竟然敢襲警，當真是膽大包天啊！」

那員警一邊說著，一邊伸手一巴掌朝周宣頭上打去，顯然是做慣了這樣的動作。之前，可從來沒有人敢對他們這樣！

但這一巴掌還沒搧出去，只在半空中，忽然就停住了。因爲他覺他的手彷彿突然之間被凍住了，沒有半分挪動的能力，接下來，便見到周宣的臉陰沉沉的冷笑道：

「像你們這樣的人，想必從來不把法律看在眼裏，做的就是知法犯法的事，今天遇到我，算是你們撞到鐵板了！我就讓你們嘗嘗最底層的人的辛苦，嘗嘗他們的酸甜苦辣吧！」

周宣說著，便「喀嚓」一聲扭斷了他的手腕，再把他的腳筋轉化吞噬掉，讓他永遠都不可能再站起來。旁邊那個警察也是一樣，兩人剎時間便像殺豬一般大叫起來。

前面兩個警察，一個開著車，一個趕緊抽出槍來，不過周宣不給他任何時間，「喀嚓」

幾下，一樣扭斷了他的胳膊，吞噬了他的腳筋，這種執法機關的敗類，留著也只會做更多的壞事。

前面開車的那個嚇壞了，害怕得不得了，連開車也是東倒西歪的。

周宣淡淡道：「好好開你的車，別動歪心眼的話，我就饒過你！」

「是是，我好好開！」那個開車的趕緊應聲。三個同伴的慘狀讓他嚇破了膽，他從來沒見過敢跟他們公然對抗的，還把他們的員警打傷打殘。

其他車上的人並不知道這輛車上出現了這種情況，還在說說笑笑，直到開到鎮上的派出所後，才把車停了。

幾輛車上的人同時下車，劉鎮長眼睛緊盯著前面押著周宣的那輛車。這時，似乎聽到車裏發出慘叫聲，他很高興，以爲是周宣被整了。

沒想車門一開，一個便衣便滾落下來，倒在地上直是嚎叫，也爬不起身。跟著下車的，卻是好端端的周宣，兩手一掙，那明晃晃的手銬立時被掙斷，掉在地上。

劉鎮長嚇了一跳，其他人也一樣不敢置信，眾人一聲喊，趕緊找傢伙的找傢伙，叫人的叫人。因爲周宣只有一個人，他們雖然吃驚，卻不害怕，平時幹慣了這種以多欺少的事。

周宣一聲冷笑，此時已不同往日了，他不想稱霸天下，但既然有了特殊的能力，就不會再躲躲藏藏、畏手畏腳的了，立時拳腳同出，只見人體亂飛，慘叫一片，除了那個劉鎮長，

其餘的人都被周宣打飛出去，摔在地上動彈不得！

那劉鎮長這才臉色大變，一邊退後，一邊叫道：

「你……你……敢毆打公務員？你膽……膽大包天了你……」

周宣嘿嘿冷笑道：「劉鎮長，你也配叫公務員？你這個貪贓枉法，又濫用職權的敗類！遇到我，算你倒楣！」

這時，因為外面喧鬧不已，辦公室裏又跑出來六七個人。劉鎮長一見，趕緊叫道：

「老張，趕緊把這個人抓起來，他打傷了我們這麼多人！趕緊抓起來，可別讓他跑了！」

一看到裏面出來的這些人，劉鎮長心裏就鬆了一口氣，原來是他的老搭檔張所長。

張所長想都沒想，直接掏出槍來，又吩咐手下們，直叫道：

「敢打我們的人？那還用說，馬上抓起來，給我狠狠地揍，打死我負責！」

周宣心裏更陰沉了，這種人，一開口就說這樣的話，還能指望他為老百姓做什麼事？冷冷道：「你開槍試試！」說著，毫不猶豫地一步一步緩緩走過來。

張所長手顫抖了一下，一緊張，當即把手指一扣，開了槍。一聲清脆的槍聲響起，張所長槍法不錯。這一槍正中周宣額頭正中，「叮」的一聲鋼鐵聲響起，那顆子彈頭立即彈開，掉在地上。

張所長看得十分清楚，那子彈頭竟給撞擊得變了形，壓扁成一顆鐵粒。再看看周宣，額頭上連一點紅印都沒有，臉色如常地站在那兒，眼神卻是冰冷地盯著他，張所長頓時「咯登」一下，心裏就有些慌了，這樣的怪事，又哪裡見過？

周宣身子一動，一閃念間，張所長沒來得及再開一槍，周宣已經如同鬼魅一般出現在他面前，一伸手便捏著了他的脖子，喉頭一緊，捏得他的喉骨「格格」直響，幾欲折斷。

在這一瞬間，張所長感覺到了死亡的氣息，一顆心嚇得直哆嗦。

周宣嘿嘿一笑，隨手把張所長一扔，張所長就癱在了地上，動彈不得，只是大口喘著氣。

周宣又撿起張所長的手槍，隨手在手裏一弄，便把一柄精鋼煉製的手槍像捏泥土一般捏成了一團，然後，「噹」的一下扔在了地下！

從這幾下，張所長和劉鎮長就知道，這個人不是他們任何人能對付得了的，這是一個他們根本無法想像的異類！

周宣不再理會他們，把身上的手機掏出來，直接打給了李雷，把這邊的事大致簡略地說了一遍。

李雷聽了大怒，說道：「我知道了，你等著，我馬上彙報上級，立刻處理！」

李雷掛了電話後，當即給更高層把周宣的事彙報了上去。

另一邊，周宣打了電話後，就收起了手機，冷冷地盯著張所長和劉鎮長兩個人。

劉鎮長想跑又跑不動，而張所長已被周宣嚇破了膽，躺在地上動彈不得。在聽到周宣打的電話後，不禁後悔起來，難道這個讓他們驚訝的人還有什麼超級後臺嗎？

像劉鎮長和張所長這樣的人，什麼都不怕，就怕上級來查他們，所以，周宣的電話打了不到十分鐘，但這十分鐘，對於劉鎮長和張所長來講，卻特別漫長，特別的難熬。

接下來，先是劉鎮長的電話響了。劉鎮長只是腳上被凍結，上半身一點問題都沒有，趕緊把電話拿出來一看，螢幕上顯示是縣委陳書記，他可是這個地頭的最高人物。

劉鎮長哪裡敢怠慢，趕緊接了電話急急地道：

「陳書記，您好，您有事找我？」

周宣根本就不用去探測他手機裏的說話內容，就已經知道這兩個人會是什麼結果了！

陳書記的話很冷淡，不帶一絲感情，似乎根本就不認識劉鎮長一般：

「劉興東，縣委常委會統一會議決定，你被就地免職，並立馬執行雙規，接受縣委紀委的檢查！」

幾乎在同一時間，張所長也接到了縣裏的電話，內容基本上和劉鎮長一樣。兩個人頓時如同雕塑一般呆怔了起來！

再看看周宣，周宣哪裡會理會他們，嘿嘿一笑，運起冰氣異能，又把張所長的一雙腳凍結了，並將兩個人的解凍時間定在一個小時後。這才一挺身，如同光束一般射上天空，剎那間消失不見！

劉鎮長更是嚇得臉色蒼白，抬頭望著天空，天上只有一道淡淡的白色痕跡，不過幾秒間就消失不見了，想要再看到什麼，卻什麼也沒有了！

半個小時後，縣裏紀委的人就急急趕到了，因爲這是從省裏直接下達命令到市裡，再由市裡傳到縣裏的命令，比急件還急，而且口氣一個比一個嚴厲。想也知道，周宣給李雷打了電話後，李雷又彙報給更高層，那高層就是權力巔峰中的大人物了。

而周宣所對付的那些人，本就是基層的敗類，受到懲罰是罪有應得，根本就不用找什麼理由。可憐了劉鎮長和張所長，兩個人首當其衝，一個色心惹禍，一個趨炎附勢，兩個人一塊兒被端了個徹底，至少會被關個十年八年的。

不過，周宣此時已經不去理會他們了。他在幾秒鐘之內回到了城裏，與李雷見面之後，再把在日本海上做的那些事，一一跟李雷詳細地說了，便準備告別李雷。

李雷趕緊說道：「周宣，你先別急著要走，我代表國家問你，你是否願意爲國家效力？」

周宣搖搖頭道：

「李叔，我也不瞞你，你跟我關係不同，以前，我當你是親大哥一般，現在周瑩跟李爲結婚了，您也就是我的長輩，有什麼事，我都會跟你直說的。我不會爲任何一個國家效力，當然，某些方面的利益合作肯定是免不了的，但我可以向你保證，我絕對不會爲了利益做出損害自己國家的事，這點你放心。最近，我已開始尋找退路，準備在國外買下一個島或一塊地，建立一個屬於自己、獨立的地方，不受任何國家統治和法律管制。」

李雷明白周宣的意思，爲了他的家人，周宣與他買下的島嶼附近的國家，肯定是要拉好關係的，周宣所說的與某些國家利益合作，指的可能就是這個。

李雷見周宣主意已定，也就不再多說什麼，這個結果原本也在他的意料之中。

李雷想了想，又說道：

「周宣，那個叫王欣的女孩子一家人，正在乘北航的飛機趕往城裏，估計會在一個半小時後到達。我已經安排好人護送她們一家三口，她在城裏念書的弟弟，我也派人暗中保護了。她們一家人，你就放心吧，一個半小時後就能見到了！」

兩個小時後，李雷的人在機場接到了王欣以及她的父母，並把他們送到了酒店安置好。

周宣隨後跟李雷告辭離開，按照李雷告訴他的酒店地址，前往酒店。

他在王欣住的房門上敲了敲。王欣來開門，見到是周宣，臉上滿是笑容，趕緊把他迎了進去。

王達成和劉春花夫妻一見到周宣，不禁都怔了怔，王達成隨即問道：

「周……小周，你不是給他們抓走了嗎？怎麼又到了城裏？」

周宣笑笑道：「我是飛來的，呵呵呵！」

王達成夫妻也不禁笑了起來，周宣倒是喜歡說笑話，不過見到周宣沒有事，也沒有受傷，顯然並沒有受到劉鎮長等人的折磨，也就放心了。

「小周，你沒事就好，我們還擔心你呢，沒想到你好像還走在我們的前面！」

劉春花說道：「這飛機真快！」

王達成沒再說什麼，夫妻倆都是第一次坐飛機，此時還沉浸在興奮之中，見到周宣和女兒的表情都很輕鬆，夫妻倆自然也就放心了。到了城裏，就算劉鎮長勢力再大，恐怕也不能伸手到這兒了吧？

沒過一會兒，李雷的人把王欣的弟弟王威也從大學裡接了過來，與家人會合。

王威今年二十歲，剛上大學一年級，是個老實的鄉村少年，考入城裏大學後，一直就勤奮的學習，期望早日學成後能賺錢養父母和姐姐。

王威此刻已經被李雷的人送到了酒店中。周宣在房間裏早知道是王欣的弟弟到了，笑

道：

「王欣，快去開門，看看有什麼驚喜！」

王欣和她父母不知道周宣這話是什麼意思，不過，王欣對周宣的話絲毫沒有懷疑，周宣既然這麼說，肯定是有什麼含意的，當即起身過去開門。

門一打開，一眼見到來人，有些眼熟，愣了愣，然後才小心地問道：

「是……威威嗎？」

王威當然認識姐姐，當即搶進門一把摟住了王欣，眼睛紅紅的叫道：「姐姐！」

姐弟倆一時抱頭痛哭。

姐弟倆分別四年多了，四年前，王威還是十五六歲沒長大的青少年，數年間變得又高又瘦，所以現在一見面，王威能認出王欣，王欣卻是對弟弟有些不敢相認。

姐弟倆痛哭傷心了一陣，王欣想起還有別的事，趕緊收了淚，把弟弟拉進房間，然後說道：

「弟弟，你看看房間裏還有誰？」

王威心裏還在想著，是不是要給他介紹姐夫之類的？畢竟姐姐已二十六七歲，也到了談論婚嫁的年齡了，跟著姐姐進了房間以後，果然，第一眼就見到一個年輕男子。

剛想聽姐姐介紹，忽然間見到坐在沙發中的兩個老人，呆了呆，又仔細看了看，便即興奮地撲上去叫道：「爸，媽！」

這一喜當真是非同小可，忍不住又流下淚來。

「傻兒子，哭什麼哭？一家人好不容易才見到面，哭什麼哭？」王達成一邊喝止兒子，一邊又愛憐地拉著兒子的手坐下來。

王欣給弟弟介紹了一下：

「弟弟，這個是……周宣周大哥，叫周大哥吧！」

王威很有禮貌地站起身對周宣說道：「周大哥，你好，我叫王威！」

「別客氣！」周宣跟他握了握手，然後說道：「坐下來，坐下來，別那麼客氣！」

王威坐下後，才問王欣：

「姐姐，你不是還有大半年才能回來嗎？怎麼提前回來了？我當真是沒有想到，還有……」

又側頭對父母道：「爸，媽，你們怎麼也到城裏來了？」

王威心裏有些惴惴不安，思念之極的父母，怎麼會跟姐姐來到城裏？而且，姐姐不是還要大半年時間才會回國，怎麼也提前回來了？他擔心會不會是姐姐發生了什麼事，又或者是家裏出了什麼問題，是不是父母有什麼事瞞著他？

他在城裏雖然只有短短的一年多，但是知道姐姐一直有寄錢回來替家裏還債，並供他讀

書，而王威自己也很努力，不但拿到獎學金，又接了好幾個家教，省吃儉用下，也能給家裏寄些錢，雖然不多，但也是難能可貴了。

而父母竟捨得花錢到城裏來，那肯定是出了大事，會不會是姐姐真的要結婚了？難道就是面前這個一言不發、笑吟吟的年輕人？

王威又忍不住偷偷瞄著周宣。

周宣當然讀到了他的想法，這時，王欣也猜到了弟弟的念頭，忍不住嗔道：

「弟弟，他是我的老闆，你以爲是什麼？」

王威一怔，詫道：「老闆？什麼老闆？」

王欣又道：「當然是工作上的老闆了，你以爲還能有什麼老闆？」停了停又道：「我已經有工作了，就是你周大哥的公司！」

「什麼公司？」王威一聽，又警惕起來，姐姐長得那麼漂亮，雖然聰明，但女孩子心軟，很容易上當，別讓這個男人騙了。

王欣哼了哼道：「就你小心，姐姐不知道嗎？告訴你，周大哥是傅氏的老闆，現在的世界首富，他的公司，可不是空頭公司！」

王威呆了呆，再仔細地看了看周宣，臉一紅，當即口吃地道：

「你……你……當真是那個周……周老闆？」

王威是大學生，平時接觸新聞時事，自然比鄉下的父母要多得多，也有見識得多，本來就覺得周宣看著有些面熟，一被提醒，細想一下，馬上就想起來了。這個人，絕對是如假包換的周宣！

周宣笑道：「叫我周大哥就好。好好念書，以後如果想到周大哥的公司來做事，儘管跟我說，爲了讓你們無後顧之憂，你姐姐在我公司做事，順便會把你的父母也接過去，我父母也是丹江山人，跟你父母親在一起也有共同的話題，不會有不習慣的感覺！」

王威當然願意以後到周宣的公司上班做事，這是他求之不得的事。但周宣既然是世界首富，這樣的大人物，又怎麼會對他們家這樣的普通人物感興趣？想來想去，除了自己漂亮的姐姐，還真想不到什麼理由了！

看著王威呆呆的樣子，王欣也猜到弟弟可能在想些什麼。想起自己一開始見到周宣的時候，不也是這樣的想法嗎？那時也是認爲周宣是貪圖她的美色，但後來明白，周宣純粹只是想幫她，不想自己的同胞被外國人欺負。

現在回想起來，王欣覺得就好像做了一場夢一般，好像是看了一場好萊塢的科幻大片，看到了一個異於人類的超級英雄，但是在半夢半醒之間，那個英雄似乎又存在於自己所處的這個現實世界之中。

「弟弟，你就只會那麼想你姐姐嗎？」王欣哼了哼說道，但又不想太責怪自己的弟弟，

便嗔道：「算了，弟弟，爸媽既然跟我出國去了，那姐姐就留一半的錢給你，預備你大學畢業後創業用！」

王威當即搖頭道：「姐，你和爸媽的錢，我都不會再要了，我現在已經長大了，不是再需要你們來呵護的那個小孩子了，我是個男子漢，應該由我來頂起家裏的一片天，所以，姐，錢我是無論如何都不會要的！」

看著這麼一家人，周宣不由得想起了自己的弟妹和父母，他們又何嘗不是這樣的人呢，父母爲了自己的孩子嘔心瀝血，弟妹也爲自己的哥哥甘願付出一切，當然，周宣也願爲父母弟妹付出一切。

周宣很感動，想了想便說道：

「算了，王欣，我看就別再勸他了吧。不過我有個建議，王欣，你那張銀行卡裏不是存了幾千塊錢嗎，就先放到王威那兒吧，以備應急。如果王威不需要的話，你以後回國後也可以用啊，不礙事的！」

王欣一怔，心想：卡裏怎會只有幾千塊錢？不知道周宣爲什麼會這麼說，不過，一瞧到周宣的表情，當即知道他是故意這麼說的，反正弟弟不知道卡裏實際上有多少錢，說得少一點，他反而容易接受。

王欣一想明白，當即把兩張銀行卡都拿了出來，然後把其中一張遞給了王威，然後說道：

「弟弟，這裏面有五千塊，你拿著備用吧。既然你那麼堅持，我也不多說了，五千塊不是多大數目，這五千塊要是你不拿，姐姐就真不會原諒你了！」

王威一想，如果只是五千塊的話，那倒也不算什麼大事，想了想，便收下了那張銀行卡，說道：「姐姐，爸媽，這銀行卡我就收下了，等我一畢業，就立即到周大哥的公司裏應徵！」

周宣笑道：「那好，我就提前恭喜你，也歡迎你！」

王威又說道：「周大哥，我真心謝謝你，謝謝你幫了我的姐姐、我的爸媽，這比再造之恩更讓我高興！」

周宣笑笑一擺手，不再多說什麼，悄悄退出房間去，讓王欣一家人好好享受天倫之樂。

反正王欣一家人的護照還沒有辦好，得再等上幾天。

第一七九章

馬蜂窩

周宣這一下可是捅了馬蜂窩了，酒吧的經理也發怒了，
在酒吧中公然打鬧，分明是不給他面子，
又砸壞了這麼多東西，這時若不出頭懲治他一下，
別人還以為這個酒吧沒有強勁的後臺，也會被同行瞧不起！

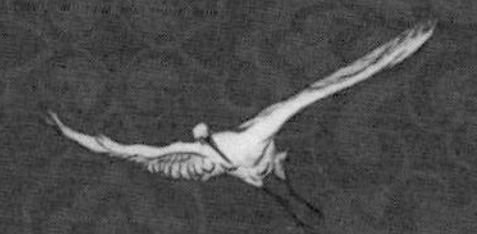

出房間後，周宣在自己房間裏待了一陣，想去看一看老朋友，又有些情怯，特別是魏海洪，這個比對自己親兄弟還要親的人，他心裡十分想念他！

魏海洪之所以沒有再跟周宣聯繫，周宣也明白，他是愧疚他二哥魏海河對自己做的那件事，傅遠山的事，傷了他的心，但實際上，周宣並沒有對魏海河有多少怨恨，他只是把一腔熱血冷卻了下來，明白這個世界上，很多事是很現實的，在利益面前，一切都是那麼脆弱！

如今，傅遠山遠在外省的老家，種了兩畝地，過著農莊生活，衣食倒是無憂，帶著才兩三歲的孫子，生活怡然自得，周宣倒是不想去打擾他了！

周宣摸出手機，找出魏海洪的手機號碼，猶豫了半天，仍是沒有按下播出鍵。

忽然間，機身突然震動了起來，把周宣嚇了一大跳，差點把手機掉到地上！

趕緊拿起一看，是李爲的電話，當即接了，李爲那個性極強的聲音便傳了過來！

「我的大哥，別一走又是幾天無影無蹤吧？難得回來一次，過來喝喝酒，聊聊天吧！自打你走後，我就失去了人身自由，老爺子和老頭子還有周瑩，三個人把我看得死死的。大哥啊，我這是生不如死啊，今天藉你的名義才能出來一趟！」

周宣笑了笑，問道：「你在哪兒？」

李爲當即回答道：「西北環市路金星大廈一樓的酒吧……」

一句「吧」才說出口，李爲忽然間便看到周宣笑吟吟地站在面前，不禁嚇了一跳，從座位上站起身來道：

「你……你在跟蹤我啊？」

除了是在跟蹤他外，怎麼可能一個電話還沒打完，人就到了他面前？

周宣笑著坐下來，伸手拿起了桌上的一杯酒，正要喝時，卻看到旁邊還坐著一個女孩子，那個女孩子也看著他直發呆！

周宣忽然間有些狼狽起來，這個女孩子漂亮到了極點，只是形容憔悴，眼神幽幽，竟然是魏曉晴！

當真是做夢都沒有想到，會在李爲的酒桌上遇到魏曉晴！

李爲有些醉意，指著魏曉晴說道：

「大哥，曉晴最近心情很苦悶，我看她太消瘦了，所以叫她出來吃點好東西，說說話散散心，你沒意見吧？」

周宣又怎麼能說有意見？而且，來時確實沒想到會是這個情況，當李爲一說完，周宣便以超常的速度飛來，卻沒想到李爲會把魏曉晴叫出來作陪，要是知道，他就不會這麼毫無顧忌地就飛來了。

其實，李爲不是故意把魏曉晴叫來的，魏曉晴也不知道會碰到周宣，一切都是意料之外的事。

周宣頓時顯得尷尬起來。

魏曉晴幽幽地道：「看你嚇成這樣子，就那麼害怕見到我嗎？」

周宣訕訕地道：「不是不是，只是沒想到，沒想到……」

魏曉晴又嘆息了一聲，抓起酒杯一飲而盡，又伸手倒滿了酒，接著一杯接一杯喝了起來。

周宣當即有些心疼的感覺，不由自主地伸手按住了魏曉晴的手，說道：「別喝了，傷身！」

魏曉晴眼圈一紅，冷冷道：「傷身算什麼，傷心才難受！」說著，把手指彎過來指著自己的胸口。

看來魏曉晴也喝得有些醉了，要是清醒時，她是不會這麼露骨地說出來的。

周宣有些無奈，他真正覺得心裡愧疚又難以面對的，就只有魏曉晴、魏曉雨姐妹了，現在，魏曉雨也死了，只剩下魏曉晴一個人獨自傷心。

魏曉晴見周宣按著她的手不敢放鬆，但又不知道說什麼好，便斜睨著周宣說道：

「你想管我嗎？想要我聽你的話嗎？那也行，你把盈盈休了，再娶我回家，我會百依百順，讓你過得開開心心的，你說什麼我都聽！你做得到嗎？」

李爲聽了魏曉晴的話，呆了一下，隨即笑道：

「曉晴，你說什麼話啊？我大哥跟你又沒什麼關係，要他休了漂亮嫂子，那還不如把他殺了呢！」

魏曉晴眼圈一紅，淡淡道：「是啊，要他休了你漂亮嫂子，他還不如死了算呢，我又算得了什麼，在他心裏自然沒有半點分量了！」

周宣不得勁地縮回了手，但魏曉晴卻是更加惱怒了，再度狠狠喝起酒來，一邊自怨自憐地道：「反正沒人疼沒人愛，喝死算了！」

李爲頓時被魏曉晴的話惹笑了，說道：

「曉晴，你這話就說得過分了，你會沒有人疼、沒有人愛？嘿嘿，只要你開個口，追求你的人啊，可以從這東大門排到西大門去都排不完！」

魏曉晴惱道：「李爲，你是請我來喝酒的，還是來找我挑刺的？」

李爲當即擺著雙手道：「不是不是，打死我也不敢挑你姑奶奶的刺啊。我也只是這麼說說而已。說真的，我倒是有幾個不錯的朋友，人品啊，家世啊，都還能過得去。曉晴，要不要我給你介紹一個？」

魏曉晴當即一口答應下來：「好啊，介紹一個吧！」

李爲一直不知道魏曉晴爲什麼在家裏住了這麼久，家人給她介紹男友，她又一律拒絕。

聽到魏曉晴這麼一說，當即問道：

「沒問題，說吧，你要什麼樣標準的？」

魏曉晴毫不猶豫地指著周宣說道：「就他那樣的！」

周宣更是低了頭不說話，這兩個人顯然都有些醉了，說話露骨又毫不忌憚！

李爲「哦」了一聲，有些爲難地道：

「你要我宣哥這樣的啊，倒是難找，獨一無二的啊。我再想想看，有哪一個身家財產跟他相仿的！」

李爲還以爲魏曉晴是說身家財產跟周宣一樣，別人不知道，李爲可是很清楚，周宣的身家可不是普通人可以比擬的。以前他自己的財富就已上億，現在，他更是擁有了傅家全部的財產。以傅家現在的財產，可說是富可敵國，如果魏曉晴的條件是這個，那還真難找到。

魏曉晴哼了哼道：「誰說要財產了，要那麼多錢幹什麼，李爲，你鑽到錢眼裏了嗎？我說的是要跟他長得一模一樣的，否則免談！」

李爲喝了酒，又有些腦昏，否則以魏曉晴這麼露骨的話，當時就能聽出不對勁來。一直以來，他都不知道魏曉晴與周宣之間的情事，所以才會那麼後知後覺。

聽到魏曉晴的話後，李爲怔了怔，面露難色地道：

「這個……要跟我大舅子長得一模一樣的，那真是難了，這個……我得抽空問一下我岳父岳母，看看他們當年有沒有私生子在外面，有的話，倒是有可能跟大舅子長得……」

「李爲！」周宣猛然一喝。

聽到李爲越說越離譜，當即喝了一聲，李爲嚇了一跳，酒也給嚇醒了幾分，當即清醒起來。周宣就在旁邊，自己竟然說了這些沒大沒小的胡話，讓孝順的周宣如何不怒？

李爲當即給自己一個嘴巴，趕緊說道：「酒喝多了，酒喝多了，怎麼老是胡說八道呢？對了，曉晴，你幫周瑩織一件披肩吧？」

魏曉晴淡淡道：「你幾時見我織過這些東西了？越說越沒勁，不說了！」

周宣停了停，對李爲說道：「李爲，周瑩呢？怎麼沒跟你一起？」

李爲頓時哭喪著臉道：

「你就別問了，現在在家裏，她跟我老子、我爺爺、我媽，甚至是探親回來的大哥、二哥都同一個鼻孔出氣，就拿我出氣，當我是不爭氣的敗家子來看，我當真是生不如死啊。我的大哥啊，你把我帶到紐約去吧，扔哪兒都行，我只想跟著你！」

周宣心裏一動，這李爲這麼想跟他在一起，倒不如真的把他帶在身邊好了，身邊總要有幾個知心的親人才好行事，他是可以放心的人，不用顧忌什麼！

不過，這事得跟李雷和老李父子倆商量一下才行，不知道他們會不會同意。

再瞧瞧面前，魏曉晴又悶悶喝了幾杯酒，眼見就快倒下了，可是周宣又不知道該怎麼勸她。此時的魏曉晴，就跟一枝有刺的玫瑰一樣，是會扎人的。周宣更擔心，只要自己一勸

她，她反而會將以前的情事都說出來。雖然自己沒有什麼，問心無愧，但在李為面前鬧出來，到底還是不好。

魏曉晴確實喝得失去控制了，衝著周宣就抽泣哭了起來，邊喝邊嗚咽著說道：

「周宣，我心裏好痛啊，你拿刀扎扎看，真是痛啊！」

周宣無可奈何，只能勸道：「曉晴，別喝了，你喝醉了，讓李為送你回去吧！」

「誰都不要送我，我不想回到那個讓我害怕的房間！」魏曉晴一惱怒，伸手便將桌子上的杯子酒瓶一掀，頓時「嘩啦啦」一聲響，倒在地上碎了一地。

酒吧大廳中有許多客人，中間的舞臺上，還有歌手在唱歌，魏曉晴這麼一鬧，頓時惹得無數人朝這個方向看過來。

通常會來這個酒吧的人，都是一些有錢有勢、有閒工夫的人，喝了幾杯酒之後，酒勁加著衝勁，不由得罵罵咧咧地說道：

「什麼人吵吵鬧鬧的？奶奶的，壞老子興致……」

「媽的，老子聽歌聽得正帶勁，吵什麼吵……」

等到一看過來，先見到李為和周宣兩個男人，眼光一溜，自然就落到了又哭又鬧的魏曉晴身上。看到她絕美的臉蛋時，不禁都怔了怔，再看她跟周宣和李為之間的情形，不禁打抱不平起來！

周宣在這兒沒露過什麼面，這些人自然不識得他，雖然貴為世界新首富，但他的相貌到底還不為世人所知。而李為自從跟周瑩好上後，就被家裏控制得更嚴格了，幾乎沒有出去玩過，而且很多店都換了老闆，自然也不認識他了。

眼見如此漂亮的一個小姐被這兩個男人惹得悲傷痛哭，又見這兩個男人都是不認識的，便準備上前圍攻了。

這些人其實是想調戲一下魏曉晴，看看能不能搭上線，因為魏曉晴實在太漂亮了，看看身邊帶來的那些小姐，雖然也是精挑細選的，但在魏曉晴面前一比，高下立分，哪怕魏曉晴還是哭哭啼啼的表情，那絕美的相貌卻是顯露無遺！

李為雖然被周瑩和他老子、爺爺等人壓得久了，但對外人的膽子卻從未小過，立刻把桌子一拍，「噹啷」一聲，兩隻酒杯子給震得摔在地下，碎成了無數片。

走得最靠前的一個男子怔了一下，隨即嘿嘿笑道：

「小子，趕緊滾，這位小姐不想跟你們在一起，識相的就趕緊滾蛋，否則打到你狗臉開花！」

周宣嘿嘿一笑，抓了一瓶酒，站起身嘿嘿笑道：「好啊，老子滾，不過，滾之前還想看看你狗臉是怎麼開花的！」說完，一酒瓶猛砸到這個男人臉上。

那男人「啊喲」一聲喊，捂臉蹲了下去，後面的兩三個同伴大怒，提起椅子就衝了過

來。

這些人在酒精的刺激之下，膽子更壯了，再說，又是周宣先動手的，一怒之下，幾個人發著狠，就掄椅衝了上來。

周宣自然不會給他們機會，在周宣眼中，他們的動作比螞蟻還慢。他衝出來便接連三拳把這三個人打飛，只是力道並沒有使得太大，不會把這三個人打死，只是讓他們摔出去，但也是半天爬不起來！

魏曉晴不知道周宣身手何時變得這麼強了，以前知道周宣有異能，但身手功夫卻極為差勁，但眼前的周宣，即使是她姐姐魏曉雨，只怕也遠為不及吧！

那飛出去的三個人又壓倒了圍過來的五六個人，雖然不是一夥的，但爬起來後，被壓的和壓人的，又都急急火火再度衝過來。

周宣此時不再客氣，掄起一把椅子把這些人一個個打倒在地。

這一下可是用了勁，八九個大漢都被打倒在地，不是腿斷就是手斷，沒有一個是完好的，只是沒有殞命，這還是周宣留了情，不想把他們弄死。

周宣這一下可是捅了馬蜂窩了，酒吧的經理也發怒了，在酒吧中公然打鬧，分明是不給他面子，又砸壞了這麼多東西，這時若不出頭懲治他一下，別人還會以為這個酒吧沒有強勁的後臺，也會被同行瞧不起！

在魏曉晴和李爲的驚詫表情中，周宣緩緩坐下來，被他打傷的人躺了一地，不斷哀嚎著，酒吧的保安得到命令，提著鋼管衝進大廳裏來，往周宣這張臺子直奔而來，看樣子，不把周宣和李爲打殘誓不甘休。

但周宣又豈是他們能傷害得了的，周宣在人群中一陣穿梭，拳腳交加，把酒吧打得天翻地覆，驚叫聲和慘叫聲此起彼伏，大部分人在慌亂中踩踏受傷，等到大廳中的人能逃的都逃了出去後，剩下的，就是數十個被打傷和踩傷的人了。

那個經理也被周宣一拳把右腿打斷了，躺在地上哀嚎。

這個人實在是太恐怖了，他手底下數十個打手全都拿著數尺長的鋼管棍子，居然被他一個人打得傷殘遍地，根本沒有辦法反抗。

魏曉晴和李爲本來是喝了不少的酒，但這一下被周宣驚人的打鬥能力驚得酒也醒了。當真是幾個月不見，周宣又給了李爲和魏曉晴完全不同的一面，實在是太出人意料了！

周宣瞧了瞧這一大廳的傷者，對李爲淡淡道：

「走吧，人也打了還不走，等你老子來捉你？」

李爲笑呵呵地道：「那咱們就趕緊閃人吧！」

那幾十個被打傷的人和經理，只能眼睜睜地看著周宣和李爲溜掉，而魏曉晴也早擦了眼淚跟在後面，此時的她，又哪裡像是被欺負和傷心的人?!

三個人從人群中穿出來時，這些傷者趕緊爬著讓開，不敢阻攔。

在大門口，周宣問李爲：「你有沒有開車來？」

李爲點點頭道：「有，你們等著，我開車過來！」說著，歪歪倒倒地過去開車。

周宣趕緊用異能替他把酒精吞噬掉，要是這樣子讓他開車，不知道會出什麼事呢。

李爲很快就把他的奧迪開了過來，從車窗裏探出頭來對周宣和魏曉晴道：「上車吧。」

周宣打開車門，讓魏曉晴先上了車，然後才鑽進車裏，坐在她旁邊。

李爲有些奇怪地道：「真是怪，本來頭昏昏沉沉的，這會兒卻清醒得很，好像沒喝酒似的，難道好久沒喝酒了，我的酒量變大了？」

周宣嘿嘿一笑，沒說什麼，不過魏曉晴明白，這肯定是周宣替他做了手腳，咬了咬嘴唇，然後說道：

「嗯，我知道，因爲你是他妹夫，他是你大舅子，所以你清醒了；我跟他什麼都不是，所以我還醉著，反正我也是個沒……沒人疼沒人愛的可憐丫頭，我……」

一說到這兒，魏曉晴又抽抽泣泣哭了起來。

本來就夠傷心的，平時還能忍著，但見到周宣後，一顆飽經思念的心哪裡還能忍得住，加上又喝了不少酒，就在醉意朦朧之間，又哭了起來。

李爲再傻也有些明白了，看來魏曉晴與周宣之間有些問題，見魏曉晴哭得傷心，當即道：

「哎呀，曉晴，你怎麼跟我大舅子也有一腿啊，這……這可難辦了……」

「你能不能不說話？」周宣頓時氣不打一處來，對李爲喝了一聲。

李爲趕緊閉了嘴，也知道這話說得有點過頭了，平時是一副大大咧咧的個性，所以才會那麼神經大條，說話也沒有細想。

周宣停了停，替魏曉晴把酒意解了，看到魏曉晴眼神一凝，視線清靈起來，就默不作聲了。在這個氣氛下，說什麼都不好，不如不說。

魏曉晴頭腦一清醒，當即默默擦掉了眼淚，心裏幽怨，但又無可奈何。

把車開上公路後，李爲又想起了周宣來時的情形，趕緊問道：

「大哥，你剛才是不是在跟蹤我啊？我剛給你打電話，手機都還沒掛掉你就來了，開火箭都沒有那麼快吧？」

周宣笑了笑，擺擺手，這種事，以後再跟他說吧，如果李爲跟著他去國外的話，遲早都瞞不過他，最終還是要跟他說明的。

不過，這還要看李雷和老李父子倆的意思，如果他們不願意李爲跟著自己走，那這件事就不要告訴他了，免得反而會給自己帶來不方便。

回到西城區，魏曉晴在魏海洪的社區路口叫李為停了車，然後說道：「我就在這裏下車了。」

周宣沒有說話。

魏曉晴嘆了一聲，打開車門下車時，一輛奧迪車開了進來，見到魏曉晴時，當即停了車，搖下車窗，裏面的司機竟然是阿德。

「晴小姐，要去洪哥家嗎？」阿德把頭探出車窗問道。

魏曉晴點點頭。

而在車裏的周宣見到阿德，也不好裝作沒見到，便搖下車窗，對阿德說道：

「阿德，好久不見了！」

阿德一見是周宣，先是一怔，隨即一喜，趕緊下了車，對周宣恭敬地說道：

「周先生，你來了就好了，勸勸洪哥吧，也只有你才能勸得了他了！」

周宣雖然跟魏海洪很久沒見面了，但魏海洪如果有什麼事，他就算是拼命，也是要出手幫忙的。

「阿德，洪哥出什麼事了？」

阿德這才凝重地說道：「周先生，是這樣的，洪哥自從你出國之後，又跟他二哥魏書記吵了一架，鬧得很僵，然後便鬱鬱寡歡地把自己關在家幾個月。最近也不知道從哪裡得到一個消息，說要跟國外的朋友一起去大西洋探險，尋找一個什麼寶藏，明天就要準備出門了，你來了正好，趕緊勸勸他吧！」

周宣一怔，魏海洪雖說不是世界級的富豪，但也絕不會缺吃少穿，錢也是幾輩子都用不完，又怎麼用得著再去探什麼險，尋什麼寶？唯一的可能性就是如阿德所說，魏海洪是因爲最近的這些事，煩悶之下便想著出去冒險散心。

「走吧，馬上過去，我這就去見他。」

周宣毫不猶豫地就答應了，然後催著阿德趕緊回去，兩輛車一前一後開到了魏海洪的別墅處。

周宣下了車，跟阿德走在前面，李爲和魏曉晴跟在後面，進了別墅大門。

客廳中，周宣見到魏海洪坐在沙發上閉目養神，面前放了兩個大行李箱，看來確實是要準備出門了。

聽到聲音，魏海洪略微睜開眼一看，面前站著的竟然是周宣，不禁一怔，隨即站起身，又驚又喜地道：

「周宣，你怎麼回來了？」

說話時連聲音都有些發顫，當真是做夢也想不到是周宣來了。

二哥把周宣得罪之後，魏海洪也無可奈何，怎麼說，他跟魏海河都是親兄弟，這件事，他只能接受。他覺得很對不起周宣，也想到與周宣的兄弟緣分可能就此算是斷了，以後恐怕再也沒機會見面了。但想不到，此刻周宣竟然來家裏見他，令他喜出望外。

周宣先跟魏海洪來了個擁抱，好一會兒才鬆開，鼻子酸酸地道：「洪哥，其實我一直想來見你的。」

魏海洪眼睛也有些濕潤了，拍著周宣的肩膀說道：「沒關係，沒關係。」

周宣搖搖頭道：「洪哥，我只能這麼說，一日當你是大哥，一生都會當你是我大哥，無論我走到哪裡，你都是我的大哥。」

魏海洪又拍了拍周宣的肩，默然半晌。

「洪哥，聽阿德說，你要到國外去尋什麼寶藏？」周宣問道，眼睛望著那兩個箱子。

魏海洪一聽，便笑了笑說道：

「是啊，反正在家也待得悶，不如去散散心，以前認識幾個探險的朋友，關係很不錯，這次一聯繫，大家便決定走一趟了。」

周宣想了想，便說道：

「洪哥，既然你決定要去探險，那我也不阻攔，但把我也帶去吧，反正我也是大閒人一個，有我跟著，也好有個照應。」

魏海洪明白周宣的意思，是不放心他，怕他有危險，所以才要跟著，也知道周宣有特殊能力，以前的幾次探險之行，全靠周宣的異能，否則自己早就死於非命了。

魏海洪想了想，又看看李為和魏曉晴，猶豫了一下才說道：

「行是行，但是……」

周宣當即擺手道：「沒有但是，洪哥，你就放心吧，我安排一下身邊的事，咱們一起去，有些事我待會兒再跟你說，你就不會拒絕我了。」

周宣能力大增之後，還有什麼能對他構成威脅？所以探險的事對魏海洪來講，也許是冒險，但對於周宣來說，根本是一件極為普通的事了。對於魏海洪，周宣也不會隱瞞他，所以，只要私下裏跟他說明自己的情況，魏海洪自然就不會反對他跟著了。

魏海洪又想到之前魏海河對周宣做的事，不禁猶豫了起來。

「兄弟，我看你還是回去吧，這趟雖說是冒險，其實沒有什麼危險，只是圖個開心罷了，大家都是財雄勢大的人，探險設備也準備得很充足，你不用擔心，真的沒什麼問題。」

周宣笑道：「洪哥，我也是圖個開心，你知道的，我不喜歡坐辦公室，朝九晚五的緊張生活我一點都不喜歡，我是真的喜歡到世界各地看看風景，探探險，洪哥要去，就把我順便帶著吧。」

魏海洪見周宣說得十分誠懇，也不好再拒絕，想了想便道：

「那好，兄弟，你準備一下吧，明天過來我這兒會合。」

周宣點點頭。又跟魏海洪聊了些閒事，魏曉晴在一邊靜靜聽著，也不打擾他們，只是安靜坐著。只有李為，躍躍欲試，也想跟他們一起去，但周宣當然是不會讓他也跟著去的。

從魏海洪處離開後，周宣讓李為帶他到他們家裏去，與老李和李雷見了面，把想帶李為到國外的事跟他們父子倆說了。

周宣把兩個人請到書房中細細詳談。

「李叔，爺爺，我想跟你們商量一件事，是關於李為的事。我打算買一個島，建立一個自己的領地，獨立生活，不受任何國家的牽制，開開心心地過日子，所以，我想把李為和周瑩帶去，不知道二位能不能同意？」

老李猶豫了一下，李雷卻是一轉念間便即點頭道：

「行，我看可以。李為跟他兩個哥哥不同，不從政，其實是好事。不從政的話，就不會引來仇家，也不會牽扯進官場的險惡爭鬥中，跟著你，我也放心。再者，國家的高層已經對你注意了，特意讓我跟你接觸，他們的意思我明白，無非就是兩點，第一，當然是想把你拉進來，但是，我知道你的心意，這事就暫且作罷；第二嘛，若是不能拉攏你，就退而求其次，與你保持最緊密的聯繫。我們國家拉不攏你，但也不能讓別的國家把你拉走，那樣對我們是一個極大的威脅。」

周宣自然懂李雷的意思。

其實李雷還有一點沒有說出來，那就是，如果不行，也許會考慮把他毀滅掉，這樣一了百了，既不會讓別的國家得到他，也不必再擔心他對國家造成威脅。

但李雷卻嚴正告知了上層，要是那樣做的話，對國家才是真正的滅頂之災。因為，周宣的能力已經不是這個星球上的武器能夠對付得了的。

李雷想了想又說道：「周宣，其實李為跟你去的話，對我們李家倒是有百利而無一害，至少可以證明，你即使不加入核心，但也不會來對付自己的國家；二來，李為過去後，還會讓高層覺得，我們跟你保持著密切聯繫，當真有什麼需要的話，我們比別人更容易找到你，更好說話。」

周宣笑了笑，說道：「這樣就太好了。」

商量完李為的事，周宣又回到酒店裏，把王欣和她的父母安排好，讓她和她的父母明天與李為一起共赴紐約，把這一切都處理好後，周宣才回房間好好睡了一覺。

第一八〇章

英雄相惜

魏海洪又說道：「我這個兄弟，就是傅家的孫女婿周宣！憑他的身手和財富，足夠踏上我們的專機，跟我們一道探險了吧？」

兩個人趕緊點了點頭，說道：「可以可以，足夠了！」

所謂英雄相惜，便是指這種時候了。

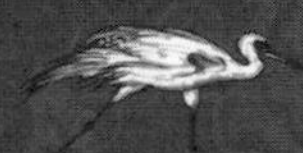

這一覺睡得夠飽了，到第二天中午才起床。

起床洗漱後，周宣給傅盈打了個電話，把安排的事跟她說了一下，讓她到機場接機。

傅盈聽周宣說要跟魏海洪探險，當下也只是囑咐了一下，因為現在周宣的能力已經遠不是以前能比，可以說，這個世界上已經不可能再有人能傷得了他。

在酒店吃了早餐後，這才搭車趕到魏海洪的別墅。

魏海洪此時也已經準備好，等著周宣的到來。周宣一到，兩個人當即提了箱子趕往機場。

在路途中，魏海洪跟周宣介紹了起來，這次跟他們一起前去的另兩個人：鮑勃、查理斯。鮑勃是德國人，查理斯是英國人，兩個人的財富都超過了十億美金，生計不愁，就喜歡探險。

在飛機上，幾個人在豪華的座艙中見了面，鮑勃和查理斯見魏海洪突然帶了一個陌生人來，有些不悅。

魏海洪當即笑笑道：「鮑勃，查理斯，這位叫周宣，是我的兄弟，我知道你們不太高興，但如果是探險的話，我的這個兄弟絕對是一個最佳的幫手。」

周宣從鮑勃和查理斯臉上的表情可以看得出來，這兩個人瞧不起他，嘿嘿一笑，看看面前的鈦合金桌子和堅硬的防彈玻璃，伸手輕輕在玻璃桌上敲了敲，結果桌面竟被他敲出了幾個手指洞來。

這麼厚實的防彈玻璃，竟然給周宣用手指輕輕敲了一下，便敲出指洞來，頓時讓鮑勃和查理斯驚得目瞪口呆。

他們兩個身強體壯，又時常探險，平時也勤於鍛鍊，所以身手很強，但無論再怎麼強，也不可能強到周宣那樣，這還是人能夠達到的層次麼？

兩人呆了呆後，鮑勃沉吟著說道：

「魏，你的兄弟身手很強，但你也應該知道我們的規則吧？身手強是條件之一，經濟基礎是第二個條件。這你是明白的，如果僅僅只是身手強，那不如做我們的雇傭保鏢，拿一份報酬而已。」

魏海洪笑笑道：「我知道，經濟條件嘛，你們加上我，我們三個人的財富也沒有我這個兄弟一成，你們知道他是誰嗎？」

鮑勃詫道：「他是誰？」

這個鮑勃和查理斯都能說一口流利的中文，對魏海洪的話，他們兩個都很驚奇。

鮑勃和查理斯都是十億美金的身家，魏海洪也有二十億人民幣以上，三個人加起來，至少也有二十五億美金以上的身家，如果說還沒有周宣的一成財富多，那就表示周宣的財富有二百五十億美金以上！那可不是小數目啊。

能有這麼巨大的財富，又怎麼會在世界上毫無名氣？而他們兩個竟然不認識，那就很奇怪了！

魏海洪笑道：「紐約傅家，你們可曾聽說過？」

紐約傅家，鮑勃和查理斯當然知道，世界上的人，不知道傅家的人是少之又少。新科世界首富，在金融風暴中不退反進，一枝獨秀，並在股市大放光彩，一舉將傅氏的股份全部拿下，並同時成功收購了兩家世界五百強的大企業，讓世人都為之震驚！

這件事，鮑勃和查理斯又怎麼能不知道？聽說傅氏的股份已經由現任掌門人傅天來手上轉到了孫女婿——一個中國青年人的手上，那個神秘又低調的中國青年，難道就是眼前這個年輕人？

果然，魏海洪又說道：「嘿嘿，我這個兄弟，就是傅家的孫女婿，周宣！我想，憑他的身手和財富，足夠踏上我們的專機，跟我們一道探險了吧？」

兩個人趕緊點了點頭，說道：「可以可以，足夠了足夠了！」

所謂英雄相惜，便是指這種時候了。

在國際機場上了查理斯的專機，這是一架經過改裝過的三二〇客機，原本有一百五十個座位，經過改裝後，把座位拆除，改成幾個房間，有會議室，有娛樂室，休息室，還有一個小酒吧。

艙中的座位只有二十個，舒適豪華，可以放倒當床來休息，三個人的保鏢也有專門位置。

魏海洪因心煩，不想有保鏢跟著，所以一個保鏢都沒有帶，一共有十四個保鏢，全都是鮑勃和查理斯的隨從。

不過，魏海洪知道，雖然他只有周宣一個人跟著，但他一個人就抵得過查理斯和鮑勃所有的保鏢了，而且經過這次見面，兩個人心中的隔閡消失了，魏海洪特別興奮。

飛機在二十分鐘後起飛，四個人在小酒吧的豪華沙發上坐著喝酒，鮑勃一拍手掌，當即進來四個穿著空姐制服的金髮女子。

這四個女子個個相貌美麗，身材一流，當真是魔鬼身材。

其中一個女子伸手將酒吧前的一個按鈕按了一下，當即，酒吧中的燈光閃爍起來，音樂響起。四個金髮美女當即扭腰跳起豔舞來，高挺的胸脯，細細的腰肢，修長誘人的長腿，精緻漂亮的面孔，一切都是那麼誘人！

鮑勃和查理斯伸手端起酒杯，向周宣和魏海洪道：「周，魏，來來來，乾一杯，喝酒看美女，人生最快樂的事莫過於此了！」

四個美女一邊跳舞，一邊伸手拉起了鮑勃和查理斯，魏海洪笑了笑倒是沒有抗拒，站了

起來。周宣看看大勢所趨，要是他一個人不合群，那也沒趣，索性跟著一起跳起舞來。

只是他從來沒跳過舞，被其中一個金髮美女拉著跳動，也只是跟著隨便亂跳，以他的身分，自然不會在這個女子面前覺得有所不適，哪怕不會跳舞，但表情卻很自然，絲毫沒有覺得不自然。

四個金髮美女顯然很大膽，一邊跳著貼面舞，一邊又端了酒杯喝了一口酒，然後用嘴餵著四人，當然，餵酒只是表面動作，真正的動作是舌吻，一時間，小小的酒吧裏，春色無邊。

周宣終於有些抵抗不住，敗下陣來，鬆開了那美女的手，退開幾步。

那美女詫道：「密斯周，難道我不夠漂亮？我不夠熱情嗎？難道你不喜歡嗎？」

一連幾個難道，把周宣抵到了懸崖邊，沒有退路。

魏海洪趕緊替周宣解了圍，說道：

「嘿嘿，這幾位美女，我這兄弟雖然貴為世界首富，但向來是個專情的人，他的妻子傅盈傅小姐，可是個世界級的美女啊！」

魏海洪很識趣，不想在這個時候煞風景，只是說傅盈是世界級的美女，而沒有說傅盈比她們四個更漂亮。

那個金髮美女一咬嘴，很是不暢快。她們的腦中只有「超級富豪」四個字，可從來沒想過這些超級富豪是否已婚，是否有妻子，有家室。

社會制度雖然是一夫一妻制，但對那些超級富豪們來講，這個制度自然等同於無，絕大部分富豪們的生活是極其奢靡的，私生活氾濫，情人遍地。上層社會中，遠無尋常人家中的溫情和親情，有的只有對浮華的追逐。

也只有周宣這個異類，雖然是世界第一的超級富豪，但一家人卻從沒有爲了金錢而出現過爭端。周宣甚至把一向對權力金錢看得尤其重要的傅天來都改變了。現在，傅天來最看重的，也是一家人的親情。

在客艙中，保鏢們在休息聊天。周宣四個人則在小酒吧中飲酒作樂。當然，周宣一個人坐在一邊，不再與他們玩這個誘人的遊戲。

那個美女有些氣惱，氣呼呼走到周宣身邊，一抬長腿便坐到周宣身上，伸手便摸向了周宣的大腿根部。

她不相信周宣會是個對她這樣的美女不動心的男人，要麼是在假裝，要麼周宣就不是一個真正的男人，或者是同性戀之類的人。

周宣還真是吃不消，伸手便將那美女攔腰摟起，放到旁邊的座位上，又用冰氣異能凍結了她，讓她暈眩過去，跟睡覺了一般躺在沙發上。

其他幾個人還以爲周宣對她動了什麼手腳，把她弄暈過去了，有些不解。

男人不好色，倒真是難以見到，若說有妻子親人在側，這樣的表現還說得過去，但此時，他們四個人都沒有家人跟著，就算幹什麼荒唐的事，也不會有人知道，根本就用不著遮遮掩掩的。

鮑勃和查理斯一向是女色不離身，遍尋天下美女，而他們的生活一向就是以探險爲樂。一個男人有了用不完的金錢後，如果不享受生活，那生活也就不叫做生活，就白活了。而這個周宣，貴爲世界首富，居然不好女色，這說得過去嗎？

如果說他的財富是來自於傅家的，對傅家人會有所忌憚，那麼現在在飛機上，根本就沒有外人，而且他們也肯定不會把這樣的事傳出去，爲什麼周宣還是抗拒這樣的美女？

周宣的事，讓鮑勃和查理斯，甚至是另外三個美女都有些掃興，一支舞跳完，便把音樂關掉，然後坐回沙發上。

鮑勃首先檢查了一下那個被周宣按倒的美女，試了試她的呼吸，見她脈息平穩，猶如醉酒一般，身體各處也沒有受到損傷，倒是放心了，但對周宣的手法甚感驚奇，想了想問道：

「周，你用的是中國的點穴手法嗎？當真是神奇啊！」

周宣自然是笑而不語，人家這樣認爲那是最好，省得他再花精力去解釋，想了想，又在那美女腰間隨手點了點，把冰氣禁制解除了。

那女人「哦」的一聲，緩緩睜開了眼，又伸了個懶腰，似乎睡了一個覺般，坐起身來，見幾個人都在盯著她，當即問道：

「怎麼都在看我？什麼事啊？……咦，我剛剛睡了一覺嗎？真是奇怪，我好像在跳舞來著，怎麼忽然間就睡著了呢，難道是在做夢啊？」

周宣在解除禁制的時候，有意將她的思維抹除了一點記憶，當然不是把她的腦細胞吞噬了，而是用讀心術的能力，把她剛才的記憶抹除了，這樣對她是沒有半點傷害的。

鮑勃和查理斯都是驚奇不已，他們兩個都是搏擊高手，拳重力沉，又喜歡冒險，對付尋常五六個壯漢不在話下，現在看到周宣的身手，都不禁暗暗心驚。

這個年輕人，不僅僅財富驚人，身手也是深不可測，看來他們兩個都難以勝過他。

魏海洪對這次要去的地方和目的，其實是一知半解，因為主要是解悶和散心，他並不在意去哪裡或是究竟要找什麼寶藏，所以也沒有對鮑勃和查理斯深問。

周宣當即用讀心術細探了鮑勃和查理斯兩個人的大腦，包括最深最隱秘的地方都不放過。

這兩個人心思縝密，比普通人要難讀得多，不過，周宣探測起他們兩個人的腦波來，半點力也不費，幾乎是長驅直入便讀到了鮑勃和查理斯腦中最深的地方。

在這一刻，周宣讀到了「不死泉」，還有一些海域地形圖和路線圖，又有像座標一類的資料。原來，這兩個人要找的是一個名叫「不死泉」的地方。

在他們腦中，周宣沒有再讀到更多的東西，看來，他們兩個對這個地方也不甚瞭解，甚至是只得到一張地圖，並不是對這個地方有多瞭解。也不知道這個地方到底在哪裡，只知道是在大西洋的最深處，這次去找，也只是碰碰運氣，能不能找到，還得看運氣。

周宣皺了皺眉，這麼一個地方，就算是他也不一定能找得到，茫茫大海中，沒有一個準確的地標，又怎麼去找？

要是換了一般人，乘船去尋找這麼一個地方，大海中，風浪莫測，冒然出海尋找這樣一個虛幻的地方，只怕是風險極大！

周宣想了想，沒有說出阻止的話來。等到了紐約，再看他們怎麼準備。再說，在海上，真要遇到什麼風險，周宣也有把握把魏海洪救走，不會讓他受到半點傷害，魏海洪一定要去探這個險，那就去吧，反正對周宣來講，是沒有危險的。

飛機在中途加了一次油，二十個小時後，在紐約的甘迺迪機場降落。

降落後，周宣以為還要準備幾天後才會出發，以前他和傅盈的那次探險，在紐約甚至待了一個月之久，天天訓練等待，一個月後才出發往目的地而去。

而這一次，鮑勃和查理斯居然一到紐約就有人過來迎接，然後到了周宣曾經去過的私人遊艇俱樂部，上了一艘兩百米長、有六層樓的大油輪。

船上的人手，周宣探測了一下，有一百六十人之多，而船上的設備更是極爲豐富和先進，看來鮑勃和查理斯爲了這事費了不少勁。

魏海洪沒有跟周宣說起這件事的詳情，他跟鮑勃和查理斯是講好的，他們三個人，每個人都掏了三千多萬美金，等於是三個人一共掏了一億的現金來進行這個計畫。

除了船員有幾十個人，探測和航海以及各方面的專家，加上保鏢，一共就有一百六十多個人，船上也準備了足夠的儲備，只等他們到了後就出發，所有的物資都已經裝上船了。

周宣把油輪上的每個地方都探測了一下，油輪上也備有武器，不過在大海上，遇到危險的事比陸地上要大得多，暴風雨是其一，還有海盜和其他因素，不過以鮑勃和查理斯所準備的物資，應是沒有問題。

周宣也探測了鮑勃和查理斯的大腦，這兩個人對魏海洪和他，倒是沒有任何不軌的想法，只是對那個「不死泉」的地方，明顯有些私心。

周宣對這點倒是沒有很在意，任誰都會有私心，只要對他們沒有加害之心，那也就罷了。

反正周宣對他們兩個也沒有畏懼心理，別說是他們兩個，就是整船人，對周宣也不構成

半點威脅，以周宣現在的能力，即使他們心存歹念，對周宣也造成不了任何傷害。

在俱樂部沒有多作停留，鮑勃等人上了船後，一聲令下，油輪即起航動身，駛向大西洋的深處。

周宣和魏海洪兩個人的房間都是最豪華的。在遊輪上，可是比飛機上的條件更好，因爲遊輪的面積比飛機更寬廣，設施自然也就更豪華奢侈了。

鮑勃的這條遊輪，請的都是經驗極爲豐富、又對大西洋十分熟悉的老海員。航海經驗自然就不用說了，這些人數十年如一日的在海上過日子，至少有二十幾年以上的時間是在船上度過的，鮑勃和查理斯雖然是老闆，但要講起航海經驗來，反而跟他們就沒得比了。

至於航海路線，他們早已跟船長說清楚了，所以一出海後，鮑勃和查理斯放心地去睡大覺，絲毫不理會遊輪的運行。

在沒有風浪和任何干擾的情況下，也要花一個星期以上才能到達鮑勃指定的地點。如果在這一星期中發生了什麼意外，或者是遇到颱風，那就會耽擱了，甚至，也許永遠都找不到這麼一個地方。連周宣都沒有把握。

鮑勃和查理斯因爲在飛機上與那幾個美女進行肉搏大戰後很是疲累，一上遊輪，當即到各自的房間裏休息。魏海洪也筋疲力盡，早早就到房間中睡了。

只有周宣在房間裏想事情，這個「不死泉」究竟是怎麼一回事？就算再特別，周宣都不會相信真有什麼永遠不死的人，這只不過是傳說中的故事罷了！

周宣躺在床上休息，異能探測著遊輪四周一千米的範圍，哪怕處於半夢半醒之間，只要有一絲異常動靜發生，周宣都能立即清醒過來，馬上做出反應。

遊輪上船員保鏢眾多，都是鮑勃和查理斯招來的傭軍，花費雖然不低，但由四個人平分一億美金的費用，每個人就只出兩千五百萬了，倒也算不了什麼。當然，如果有收穫，同樣也要多分一份了。

不過，這次的尋寶，鮑勃、查理斯、魏海洪幾人都知道，很可能根本沒有寶藏，只是一個不死的傳說而已。

說實話，世界上又有哪一個人不想長生不老呢？古來的帝王，以及那些最有權勢的人，無不是想得到長生不老、長生不死的靈藥，但這個東西，始終限於傳說之中，現實生活中卻沒有一個人真正得到過！

本來，魏海洪也不相信會有這種東西的，只是因爲與二哥鬧翻，心裏愁悶之下，才乾脆出來走走。再者，以前他也不相信有什麼超能力的說法，不過在周宣身上，他卻是打破了那個看法，現在看來，即使是不死泉這個傳說，也並非就完全不是真的！

其實，魏海洪還不知道周宣現在的超強能力，他對周宣的所知還停留在以前的階段，要

是知道周宣現在已經刀槍不入，上天入地皆通，可以真正橫行於這個星球之中，也許更會驚訝得眼珠子都掉出來了吧。

不過，周宣現在的能力雖強，也不能在真空之中停留，他到底是一個人，除了能量可以從太陽光中直接吸收外，身體還是需要食物和水源的補充，所以他不能離開地球，飛到遙遠的太空中。

即使能飛行到遙遠的太空中，但是一旦食物短缺，無法補給時，他一樣會身體衰竭而死，這也算是周宣唯一的軟肋了。

遊輪以全速而行，到第二天清晨後，便已經駛進了茫茫的大西洋深處，鮑勃和查理斯以及魏海洪都起了床，吃過早餐後又檢查了一下座標，然後繼續沿著估計中的目的地駛去。

周宣吃過早餐後，便到甲板上看海景。一些保鏢和船員在甲板上喝酒聊天，看到這些人個個都是桀驁不馴的表情，周宣便知道這些人都不簡單。如果他不是身有異能的話，他根本就沒有辦法與任何一個人對抗。

這些彪悍的人，對周宣這個黃皮膚的亞洲人也明顯不屑一顧，因為周宣身材看來又單薄又瘦弱。

甲板上有一個露天的游泳池，只是船員保鏢眾多，卻沒有一個美女。這是鮑勃和查理斯刻意不帶女人上船的。

因爲是探險，所有人員都是壯男猛漢，有女人在船上，容易惹起騷亂。因此在下飛機後，鮑勃和查理斯就把飛機上的四個美女安置在紐約了，並沒有一起帶到遊輪上來。

爲了打發時間，有十來個人脫得光條條的在游泳池裏游泳，對眾人毫不掩飾私處，似乎有意顯示一下雄偉之處。

周宣眼見這些人這麼大膽，忍不住笑了出來。

在他旁邊的一個絡腮鬍頓時怒目一瞪，說道：

「亞洲病夫，你笑什麼笑？」

這句話是用中文說出來的，雖然字不正腔不圓，但周宣還是聽得懂。

這個絡腮鬍與那些裸體在游泳池裏游泳的人，並不是特別好，只是看不順眼周宣的這個表情，用現在的話來講，就是手癢！再者，也因爲周宣實在是太單薄，一副好欺負的樣子，所以也不管他是不是老闆之一，對他們而言，講究的就是實力，個人實力最重要。

他們這些人中，除了那百來名船員弱了些外，這個絡腮鬍等四十來個人都是國際傭兵，專門從事高危險的行動以獲取高額報酬，他們絕大多數人都是特種兵，身手極強，殺人毫不手軟，看到周宣這種不順眼的人，當然隨手就想動一下，嘲弄還是輕的。

周宣淡淡一笑，雖然心裏怒氣上頭，但臉上卻沒有絲毫顯露，手一伸，便將這個絡腮鬍

抓起來，狠狠摔進了游泳池中，這一摔，足有七八米之遠！

周宣這一手如此突然，又是如此的驚人，但這個方向很少有人注意到，大多數人都沒有看到他們之間發生的事。

但在最遠處的欄杆船舷處，卻有一個人注意到了這個情形，心裏很是吃驚！

那個人就是鮑勃。

說實話，他跟查理斯對這個周宣確實不是很在意，只不過周宣昨天在他們面前露了一手很強悍的功夫，所以對周宣是有些另眼相看，但還沒有十分的重視。

鮑勃在船舷邊喝著紅酒時，眼角掃到周宣的身影，便有些注意，只是隔得有點遠，聽不到那絡腮鬍跟周宣說些什麼話，但看情形便知道有些不妙。

沒想到，周宣忽然間出手，只用單手便將身高超過一米八五、體重超過九十公斤的一個大漢一手便輕鬆舉了起來，然後遠遠扔在了七八米之外的池子中。

好在周宣並沒有特意想傷了他，只是把他扔在水池中，要是扔在甲板上，那絡腮鬍肯定就會受傷了。

那絡腮鬍猝不及防之下，被摔進水中後，手腳痠軟了一下，在水中喝了幾大口水，嗆了幾下，好不容易才從水池中翻過來，氣得在水中哇哇大叫著往岸上爬來。

他剛剛被摔進水池時，濺起了大片的水花，將那些裸男噴了滿頭滿臉，那些裸男也給搞得惱怒異常，不過，他們是認識這個絡腮鬍的，同為這次行動的保鏢之一，也知道這絡腮鬍的身手很厲害，被他濺到了，也只得忍了。

但見到絡腮鬍氣惱異常地朝岸上爬去，又指著周宣哇哇大叫，這才明白他剛才落水，有可能不是自己跳下去的，而是被那個黃皮膚的東方人給推的。

不過，這些人再怎麼想也沒想到，是周宣把那個絡腮鬍單手舉起來扔進水池中的，他們這些人，個人能力都很強，但說要強到能單手舉起一個重達近一百公斤的身體，卻是絕不容易的，這一船數百人，估計沒有一個人能有周宣那樣的能力。

周宣盯著那個朝他奔來的絡腮鬍男子，一臉冷笑，表情淡然，絲毫不懼。那絡腮鬍捲起濕淋淋的衣袖，把一雙毛茸茸的黑手張開，這個樣子，真有能一把把周宣捏碎的感覺。

而別的人也相信他絕對有這個力量，他們這些經過特殊訓練的特種士兵，全力之下扭斷脖子、手臂、腿腳等等，那絕對是一件極為輕鬆的事。

絡腮鬍的雙臂筋骨盤露，顯見力大之極，而且配合著他的快步衝刺，這一擊之勢極為可怖，在甲板上的人，此刻也都在觀望著這邊，大家這時候的注意力和焦點，都落在了他和周宣身上。

明顯地看得出，絡腮鬍打算挑戰的對手，就是那個身材單薄的亞洲人。

周宣沒有那些人想像的畏懼表情，甚至連閃都沒閃一下，那個絡腮鬍迅速猛力衝刺過來後，一雙大手勢大力沉，狠狠地與周宣的右手碰在了一起。

不過一碰之後，沒有所有人意想中的骨折或者受傷的響聲，在眾人的注視下，那絡腮鬍忽然又騰空飛起，再次被摔落到剛剛摔下的地方，一飛七八米遠，又重砸在了水池中。

這一下，絡腮鬍砸下的身子又與水池中的一個裸男碰到了一起，在「啊喲啊喲」的痛呼聲中，兩個人在水中撲騰成了一團。

這時眾人才吃驚起來，這一下終於明白，這個黃皮膚的亞洲人並不像他的外表那麼弱，以絡腮鬍那麼壯和犀利的身手，居然能被周宣舉起來扔到七八米外的地方，且不說兩個人的身手高低，就說周宣能把身材高大魁梧的絡腮鬍舉起來扔到七八米外的地方，在場的所有人中，就沒有一個人能辦得到，眾人不由得不吃驚了！

上一次絡腮鬍被扔出去，除了絡腮鬍自己外，就只有鮑勃和兩三個人看到，雖然吃驚，但影響並不大，沒有引起很大的騷動。

但現在不同了，不管是船員還是保鏢，所有人的目光都在盯著他們，周宣的動作，他們看得一清二楚。

這也是周宣有意爲之，扔絡腮鬍的舉動，並沒有用很快的速度，而是控制在人類肉眼能看得清楚的速度下。

這一下，便有許多人對周宣刮目相看了，在驚詫之中，那絡腮鬍和被砸到的裸男怒吼連連，一起爬出水池來，兩個人都咆哮著衝向了周宣。

都說是當局者迷，旁觀者清，這話說得一點都不假。此時的絡腮鬍被怒火沖昏了頭腦，根本沒想到他跟周宣不處在同一個層次上。

連續兩次被同樣的手法摔倒，第一次若說是意外，那第二次就是不如人了，但絡腮鬍根本就氣糊塗了，渾沒有再想後果。

另一個裸男也是怒氣沖沖向著周宣而來，因為他看到絡腮鬍連著兩次被扔下來，偏偏都砸到了他，心中十分惱怒，想也不想就跟著絡腮鬍一起爬上甲板衝過來。

絡腮鬍此時衣服濕答答的，顯得十分累贅，索性雙手用力一扯，把衣服「撲啦」一聲，扯成兩半，順手便扔在地上，瞧也不瞧，再次向周宣狠狠衝來。

另外那個裸男大踏步衝過來，胯下的那條搖來晃去，極是可笑，周宣不禁哈哈大笑起來。那裸男更是惱怒，加快了步子與絡腮鬍一起猛力衝過來。

這一次，對方又增加了一個同樣厲害的大漢，在場的眾人皆是睜大了眼睛，想看看周宣到底要怎麼應付？

第一八一章

東亞病夫

他們除了驚駭之外，就只有驚駭，
這個被他們稱為「東亞病夫」的年輕人，竟然強大如斯，
這時只要是個正常人，都不會輕易上前對周宣動手了，
否則就是自討苦吃。鮑勃這時對周宣也有了新的認識。

周宣沒有半分懼色，依然站在原地，腳步沒有半分移動。

當裸男和絡腮鬍猛然衝到面前時，周宣一人一拳，「啪啪」兩聲，兩個人都被周宣一拳打在腿骨處，身體再次高高飛起來，接著，傳出骨頭「喀嚓喀嚓」的斷裂聲，再接著，又是兩下「啪啪」摔在甲板上的聲音，最後才是呼天叫地的慘叫聲傳出來！

這一次他們摔落的地方更遠，直有十五六米之遠，兩個人恰巧落在了鮑勃腳邊的甲板處。

這一次，鮑勃倒是沒有太驚詫，周宣的能力之強，他已經見怪不怪了。

那兩個被周宣摔出去的大漢，這一下都爬不起來了，一方面是摔得狠，而且被周宣打的那一拳頭正中大腿，大腿都骨折了，劇痛之中，又哪裡還能再站得起來？

甲板上的人群頓時靜了下來，只有絡腮鬍和裸男的慘呼聲不絕於耳，靜了幾秒鐘，隨即有人發一聲喊，人群中，又有六七個大漢向周宣衝了過來。

這六七個人是那兩人的同伴，見到同伴吃了大虧，怔了片刻後，立即朝周宣湧了過來，想替同伴報仇雪恥。

鮑勃心裏暗道不好！只是還等不到他出聲，包圍周宣四周的那六七個特種士兵，就如同被彈射器彈出來一般，向著四面八方亂飛，「劈劈啪啪」的響聲中，摔在了甲板上。

幸運的是，這七個人摔下地時，身體好像長了眼睛一般，都沒有砸到頭部！

這當然不是幸運，而是周宣刻意所至。只要他想，別說砸一個人，就是把所有人都砸在同一個地方，讓他們一個一個疊羅漢也不成問題。

不過這一次，周宣手下留了情，只是把他們摔出去，沒有讓他們受傷，摔下地後，這七個人只是手腳有些發軟，休息一會兒之後，身體便慢慢恢復正常。

周宣拍了拍手掌，故意做了個樣子，其實手上沒沾到一點灰塵，此時處在茫茫大西洋中，空氣濕潤，又哪裡有半點灰塵？

周宣很是隨意地站著，一副輕鬆之極的表情，眼光在甲板四下裏一掃，似乎是在看還有沒有人來向他動手。

但此時，甲板上在場的所有人中，再沒有任何人敢上前對周宣動手了。

這些人中，有很多都是超級好手，不僅身手超強，而且機警異常，周宣這幾下所表現出來的能力，卻是他們之中任何一個人都做不到的。

他們除了驚駭之外，就只有驚駭，這個被他們稱之爲「東亞病夫」的年輕人，竟然強大如斯，這時候只要是個正常人，都不會輕易上前對周宣動手了，否則就是自討苦吃。

鮑勃這時對周宣也有了新的認識，不再像之前那般，認爲周宣只是個僥倖得到傳家財富的幸運兒。看來，世界首富的獲得者，並不是碰巧或者意外得來的，天上沒有掉下來的餡餅，任何事情都有它的道理。

周宣瞧了瞧最先挑惹起事端的絡腮鬍，走近了些。

絡腮鬍趴在甲板上站不起身，看到周宣走到他身邊，眼睛頓時露出畏懼的神色來，此刻他已經知道，無論他怎麼動手，都不是周宣的對手，所以十分恐懼，不知道周宣會怎麼對付他！

周宣低頭瞧著他，過了片刻才冷冷道：

「給我道歉，收回『東亞病夫』這句話，我就饒過你；否則，我就讓你變成一個雙眼失明或者雙腿雙手殘廢的廢人！」

周宣說話的語氣十分冰冷，一點感情都沒有，絡腮鬍嚇得往後縮了縮身子，但他的腿已經摔斷，動不了身，眼睛裏的畏懼之色更是厲害！

忽然間，周宣聽到鮑勃一聲低喝：

「蘇爾，住手！」

周宣隨即放出異能，頓時測到背後七八米處，有一個壯漢掏出了手槍對著他。

鮑勃雖有心想看到周宣露出更多的底子來，卻不想看到周宣被他的手下打傷或者是打死，以周宣的身分，如果出了事，可是他的責任，他的麻煩就大了。就是魏海洪那兒，他也過不了，在他們這個階層間的人物，是不能輕易得罪的。

周宣貴爲世界首富，擁有傅氏幾乎是全額的財富，傅氏與白宮的關係又極其微妙，惹到他們可不是好事。再說，以周宣所表露的身手來看，也是他們的一大幫手，要是把他打傷了，對他們也是一個損失。

但那個叫蘇爾的壯漢沒有收手，只是緊盯著周宣，然後低聲喝道：

「他停手，我就收手，否則我就開槍了！」

原來這個蘇爾跟絡腮鬍私下頗有交情，看到絡腮鬍受到威脅時，便準備掏出槍來對付周宣了，因爲他知道，如果是徒手上前跟周宣鬥的話，剛剛那些同伴的下場他也看到了，他絕對沒有勝算！

鮑勃有些發怒，又低聲喝道：

「蘇爾，我只說一次，住手！」

但那個蘇爾仍然沒有收手，一雙手握緊了手槍，緊盯著周宣。

周宣嘿嘿一笑，緩緩轉過身來，面對著蘇爾，雙手一攤，說道：

「你開槍試試啊？你打我哪兒，我就報廢你哪裡！」

說完，周宣就踏著步子向蘇爾走去。

蘇爾嚇了一跳，把槍抖了幾下，叫道：

「你……別過來，否則我開槍了！」

周宣毫不理會他，徑直往前。

鮑勃嚇得神色也變了，因爲他知道，如果周宣再接著上前緊逼蘇爾，那蘇爾百分之百會開槍！

「周……看在我的面子上，停下來好嗎？」鮑勃趕緊出聲制止周宣前行，然後又說道：「周，我保證，我保證讓他給你道歉，讓他收回他說的話！」

但周宣沒有理會他，仍向蘇爾走去。

蘇爾看到周宣越走越近，有些慌亂，喝道：

「別過來，否則我真開槍了！」

周宣伸手指向他勾了勾，說道：

「你要敢開槍打我，你就大難臨頭了！」

蘇爾眼看周宣又逼近了幾步，離他只有兩米之遙，再也忍耐不住，扣動了扳機。

不過，槍口沒有對準周宣的要害，只對著他的大腿，心想：只要打傷他的大腿，周宣就不能再走動了，這就可以阻止周宣的威脅了。

「啪」的一聲脆響，在眾人的注目和鮑勃的驚呼中，周宣閃電般伸手一抓，將那顆子彈抓到了手中，捏在掌心。

甲板上，此時已經聚集了更多的人，幾乎所有的保鏢都得到消息跑了出來，連查理斯和魏海洪都跟了出來。

魏海洪見這個人要對周宣開槍，當即怒不可遏地衝上前，但見周宣神定氣閒地站在當地，不像是受了傷，心裏一動，立即又停了下來。

他知道周宣能力奇特，但只有治傷的能力，卻無法阻擋子彈，不過這麼久沒見到他了，周宣也許變得更厲害了，也是說不準的事。更關鍵的是，他在周宣臉上沒有看到半點緊張的表情，心中就有些放心了。

其他人都不相信周宣剛剛伸手隨便抓那一把，就能把子彈頭抓到了手中，他們練的身手再強，也不可能抓得住子彈。因為人的速度無論如何也及不上子彈的速度，周宣剛剛只不過是做個樣子嚇唬人罷了，當然，也極有可能是蘇爾在慌亂之下，子彈射偏了，並沒有射到周宣身上。

因為他們看見，周宣身上沒有一丁點的傷口，沒有流血，連衣服都不曾破損一點，所以，周宣並沒有被子彈射到！

但周宣緩緩地把右手掌伸出來，平攤在胸前，然後張開手掌，手掌心朝天，在他的手掌心中，靜靜躺著一顆捏扁了的子彈頭！

「啊……」

一陣陣驚呼聲響起，所有人都驚駭到了。

當然，除了魏海洪之外，因爲他知道周宣有特殊能力，只是不知道他還能抓住子彈而已。

周宣一縮手掌，將那粒彈頭放在食指上，像打彈弓一樣的姿勢，然後對蘇爾冷冷道：

「你射我的大腿，那我就射回你的大腿，我們中國有句古話，叫做『來而不往非禮也』，你怎麼對我的，我就怎麼送還給你。我的信念就是，人不犯我，我不犯人；人若犯我，我必犯人！」

說完，將食指一彈，那粒子彈頭便即飛速射出，比手槍射出時還要急速得多。

蘇爾一直在注意著周宣，這粒彈頭一彈出，當即急速閃挪。

眾人心裏都不是十分緊張，心想周宣是用手指彈出彈頭的，再厲害，也沒有開槍厲害吧。

只聽似乎是響起了一下「撲哧」的聲音，接著就是有人倒地的聲音，最後才是蘇爾的痛呼慘叫！

這時，眾人的眼光才從周宣身上轉到蘇爾身上。

只見蘇爾躺在甲板上，一條大腿根部下三寸處出現了一道血窟窿，鮮血如箭也似地噴出來，大腿另一邊也在噴著血，好像給射了個對穿一般！

如果僅僅是手槍子彈的力度，絕不可能射得穿大腿骨，通常子彈會嵌在骨頭中。而這粒彈頭是周宣用手指彈射出來的，用手指彈射，又怎麼可能比手槍射擊出來的力道更強？

周宣讓他們太吃驚了。

剛剛周宣根本就沒有閃避，而是直接用手抓住了彈頭，現在，他用手彈子彈的方式，竟然能將蘇爾的大腿射了個對穿，讓眾人都無法相信自己的眼睛。

但懷疑歸懷疑，吃驚歸吃驚，事實可是擺在了眼前，這卻是沒有假的。

周宣的雙手也沒有藏到衣服之中，一直是露在外面的，所以也不可能是在衣服底下用手槍射擊，也就是說，周宣剛剛用手彈出的子彈，是真的。

這時，眾人才想起周宣剛剛說過的話：「來而不往非禮也，你怎麼對我的，我就怎麼送還給你。我的信念就是，人不犯我，我不犯人，人若犯我，我必犯人！」

一開始聽到周宣說這話時，還以爲周宣是在說大話，是在恐嚇蘇爾，現在想起來，周宣說的都是真話，面對蘇爾的槍口時，周宣根本就不是恐嚇他，而是蘇爾的手槍根本就威脅不到他！

周宣看到蘇爾在慘叫呼痛，不再理他，轉身對那個已經嚇得發呆的絡腮鬍道：

「你……還欠我一個道歉，收回你的話！」

周宣冷冷的語氣，肅殺的表情，讓絡腮鬍嚇得哆嗦起來。剛才周宣對蘇爾的行動，已經把他最後一絲抵抗都打破了！

但魏海洪卻在此時大叫道：「周宣，小心背後……」

幾乎就在同時，周宣猛然轉身，隨著他轉身的同時，槍聲接連響起，「啪啪啪啪啪啪啪」一連七響，那是蘇爾趁周宣轉身時，強忍著疼痛，對周宣一連射出的七槍！

因爲周宣背對著他，而且他也想過，周宣身手再強，就算專門練過躲避子彈，也絕對無法同時閃避七槍連射。

在某些特種兵的訓練中，也有專門訓練士兵們如何閃避子彈的訓練。當然，身手最強的士兵也只能閃過一槍，能閃過兩槍的根本沒有，而且，能閃避子彈的，也都是數十次之中才有一次，還要高度集中精神，在開槍之前的一剎那進行閃避。

但蘇爾忘記了，要是像周宣那樣在開槍時根本就不閃躲，那他們就沒有一個人能躲得開子彈。他只是想，要是在周宣背後快速連射，那他還怎麼躲得開！

周宣的能力自然是他不能想像的，在轉身的時候，他的異能便探測到了，蘇爾一開槍，他當即轉身，用手一顆一顆地把子彈頭全部抓到手中。

當然，這個動作快到在場的人已經沒有一個人能看得清了。他們只看到周宣轉了身，然後便見到影子晃動了一下。等到槍聲停下來後，周宣穩穩地站立在原處，彷彿沒有動過一般。

周宣面色冰冷，捏緊的手掌讓中板上的人都分外緊張關注，在眾人的注視中，周宣緩緩地把手掌張開，在他的掌心裏，竟然並排躺了七顆子彈頭！

「嘩……」

這一下，甲板上的所有人，不論是船員還是保鏢，還是鮑勃、查理斯、魏海洪等人，沒有一個人不吃驚的！

能在蘇爾開槍，之後再轉身把七顆子彈同時抓到手掌中，簡直就是不可思議的事，這樣的人，他們沒有人能夠對付得了。即使全部人上去，也都不是周宣的對手。因爲之前他們十幾個人一起圍攻周宣，都給周宣一一狠狠地摔了出去。

周宣在他們面前所表露出來的力量、速度，以及徒手抓住子彈的能力，都超出了他們的想像，此時，周宣在他們心目中已經不再是一個單薄的東方青年人形象，而是一個充滿了邪惡能力的煞星，是個要人命的煞星。

本來，他們這群人才是真正的煞星，暗殺、綁架、執行特別任務，殺人如麻，甚至到最危險的地方執行任務，在極端非人的環境中還能存活下來，早已不能用普通高手來形容的了，但在周宣面前，他們卻都被壓得氣焰全無，心裏只剩下了恐懼。

周宣把七顆子彈頭一露出來後，蘇爾的臉立即變得像紙一樣慘白！

因爲這時候，他想起了周宣曾經說過的那些話，周宣說過，他攻擊他哪裡，周宣就會把子彈送還到他攻擊的那個地方，剛才他對周宣開槍時，是對準了周宣後背的要害部位，如果周宣把這些子彈照樣打回到他身上的話，那他就是死人一個了！

周宣臉色很冷。現在的他，對向他下狠手的人絕不會手軟，把手一偏，那七顆子彈便從手掌中傾斜而下，「叮叮噹噹」地跌落在甲板上。

這個動作，不禁讓蘇爾和絡腮鬍等人悄悄鬆了一口氣，以爲周宣準備放棄報復了。

但周宣把子彈扔下後，卻是上前一把抓起了蘇爾。

這個身高體重都遠比周宣要高大沉重得多的蘇爾，一下子被周宣抓起來舉在了半空中，卻見蘇爾在半空中軟綿綿的，動彈不得。

周宣這才冷冷道：「蘇爾，我之前已經說過了，你對我怎麼樣，我一定會對你怎麼樣，如果剛剛我躲不過你的子彈，不用說，我現在就是死人一個了。所以，你也沒有什麼好後悔的，我也不用子彈殺你，只把扔你到海裏，你若能在大海中逃得了命，那是你的運氣；若是逃不了，那就餵鯊魚吧！」

話一說完，周宣便將蘇爾狠狠扔了出去。

這一下，蘇爾在半空中直飛出數十米遠，「砰」的一聲響，重重摔落在大海中。遊輪此時正以全速前進著，沒幾下，蘇爾便消失在茫茫大海中了。

甲板上的眾人，除了魏海洪，其他人都是又驚又駭，鮑勃和查理斯兩人相互對視了一眼，也沒有命令把遊輪停下來去救蘇爾，便任由他自生自滅了。

周宣再四下裏一掃，眼光頓時讓眾人都嚇得後退了一步。

周宣再走到絡腮鬍面前，冷冷地盯著他。

絡腮鬍嚇得身子哆嗦起來，身體上的疼痛都忍住了，不敢呼叫出來，又向後移動了兩下，然後連連說道：

「我收回，我收回，我收回我說過的話，我道歉，我道歉！」

絡腮鬍此時明白得很，如果他不道歉，不收回他的話，那麼，他的下場就極有可能與蘇爾一樣，也許馬上就會給周宣拋進茫茫大海中。

在這個區域給丟進大海中的人，沒有任何救生設備，除了死，還能有第二條路可選嗎？

絡腮鬍一服軟，周宣倒是淡淡笑了笑，說道：

「我接受你的道歉了！」

那絡腮鬍顯然還有些不相信周宣的話。剛剛周宣表現得太殺氣騰騰了，在他心中，自然以為周宣會如對待蘇爾一樣對待他。而蘇爾此時只怕已經沉到大海中淹死了。蘇爾本已受

傷，再給摔進大海中，不死那也是奇蹟了。

周宣讀到了絡腮鬍的恐懼心思，淡淡一笑，伸了手說道：

「既然你已說了道歉的話，我便接受了，我們之間就算和解了。我們中國人有句老話，叫做『得饒人處且饒人』，起來吧！」

那絡腮鬍不相信，其他人當然也不相信了，真正相信周宣的人，只有魏海洪了。因爲他瞭解周宣的性格，只要不觸到周宣的逆鱗，周宣是絕不會隨便傷害人的。

絡腮鬍見周宣伸出手低頭瞧著他，眼睛裏真誠無邪，如果說這是裝出來的，那麼周宣當真可以去演戲做演員了。

絡腮鬍又想著，自己的腿已經受了極重的傷，都斷了，周宣伸手要拉他，那定然是要把他拉起來再任由他摔倒吧，不過見周宣仍然伸手等著他，心裏真是又驚又怕，還是顫抖著伸出了手，握住周宣的手，同時咬牙等著周宣給他的懲罰，誰讓他得罪了這個煞星呢！

周宣手腕一動，當即抓住了絡腮鬍的右手，然後用力一拉，將他拉了起來，同時運起異能把他的傷勢治好，將斷骨恢復起來。

異能一出，絡腮鬍的傷勢立時恢復了七八成，雖然還有些輕微的疼痛感，但與常人卻是無異，能走能動，只要不做劇烈的運動，甚至連那一絲隱隱的疼痛也感覺不到。

絡腮鬍並沒有這個心理準備，而是咬牙準備承受周宣對他的報復，但忽然之間，周宣並沒有做出任何動作，反而他身體中的劇烈疼痛卻消失了！

絡腮鬍怔了怔，然後奇怪地抖了抖身子，又踩了踩腳。此刻，他腿上的傷勢已經消失無蹤了，再看看鬆手退開了幾步的周宣，正微笑著瞧著他，不禁心裏一動，然後明白起來！肯定是周宣暗中給他治了傷。

絡腮鬍是特種士兵出身，對於身體的了解感受度很強，剛剛自己受的傷，他明白得很，腿骨斷裂，那傷勢不是一般的重，如果不能及時接骨治療，即使以後傷勢好了，他也是一個殘廢的人！但周宣怎麼可能把這麼重的傷勢在一秒鐘之內治好？

就算再神奇，也沒這麼神奇的事吧？

要不就是他搞錯了？自己本來沒有受這麼重的傷？

但這又有幾點說不通，一來，絡腮鬍是個專業人士，對身體傷情很瞭解，而且身體是他自己的，做不到半點假；二來，周宣只是跟他握了一下手，中間握手時間不超過三秒鐘，這麼短短的時間裏，他怎麼能瞞過他，給他治好了傷？

這當真是無論以什麼理由都解釋不了，無論什麼理由都說不過去的！

旁邊圍觀的人，一開始也看出絡腮鬍受了極重的傷。那大腿斷裂處都被腿骨刺破了肌肉跑出來，這種傷，已經是極重了。雖然不是致命的傷，但對他們來講，損傷了行動能力，那

就是致命的。

在戰場上或者在執行任務時，受了這樣的傷，基本上就是宣布了死刑，萬一被對手逮到了，那會死得更慘！

所以，圍觀的那些保鏢們都認爲是自己花了眼，走了眼看錯了，絡腮鬍只是受了輕傷，周宣把他拉起來自然可以自由活動。而這中間的情形，只有絡腮鬍自己才明白。

呆了呆後，絡腮鬍趕緊對周宣說道：「謝謝，謝謝！」

周宣淡淡一笑，揮了揮手，不以爲然的退開了些，然後對船艙口站著的魏海洪說道：「洪哥，回房去聊聊天吧！」

魏海洪笑了笑，伸手拉起周宣，然後往最上層的艙房走去。

而鮑勃和查理斯也顧不得跟那些保鏢交談，對於蘇爾的死，那只是一件極小的，甚至是微不足道的事，對他們這種超級富豪來講，人命其實是最不値錢的，沒有什麼是他們用錢解決不了的問題。

而且，蘇爾對周宣射了那麼多槍，要是換了周宣是個普通人，那周宣豈不是死定了？所以他們十分看得開，認爲這是很自然的事，要是換成他們自己，只怕比周宣做得更狠。

魏海洪和周宣在艙門處進入，鮑勃和查理斯緊緊跟隨而去。

周宣自然知道鮑勃和查理斯兩個人跟了來，在娛樂室門口停下步子，然後轉頭對兩人說道：「鮑勃先生，查理斯先生，我想你們肯定有不少疑問，有話要問我吧？」

鮑勃和查理斯都停了下來，然後由鮑勃開了口：

「嘿嘿，周先生，我們是真的有話想問你，之前見周先生露了一手，當時只覺得很驚訝，但沒想到周先生會厲害到這種不可思議的程度，實在是太神奇了，我在想……」

鮑勃沉吟了一下，才問道：

「我在想，路易士剛剛確實是受了重傷吧，周先生能在一握手之間就把他的傷勢治好了，這個能力確實讓我十分驚奇。當然，周先生神奇的地方實在太多了，我只想問一下，周先生的這手功夫是武術還是魔術？」

周宣笑笑道：「中華武術神奇莫測，我練的是武當山的秘傳武術，其中包含了內家真氣的修煉，點穴術，護體罡氣，還有中醫等等！」

鮑勃頓時恍然大悟，說道：

「哦，我明白了，周先生剛剛使用的太極，以柔克剛，四兩撥千金，把那些保鏢摔了出去，然後又使用的是點穴術，最後對路易士用的是神奇的中醫術，我曾聽說過中醫的銀針刺穴、火鍋……」

周宣笑道：「那不叫火鍋，那叫火罐，拔罐！」

鮑勃趕緊說道：「是是是，就是拔罐，在人背上用點了火的罐子貼上去，我曾經做過一次，當時很是好奇，那燃燒的火焰居然燒不傷人，也不痛，而且拔火鍋……嘿嘿，火罐之後，身體確實舒泰得很，這，周先生也會吧？」

周宣笑而不答，拔罐他自然不會，但不回答的話，鮑勃自然認爲他就是默認了。

鮑勃確實對中國有一種神秘的感覺，中國文化博大精深，有很多神秘的傳說，最神奇的便是中國的武術，他從一些電影電視中就知道，中國那些武術，當真是飛來飛去，神奇之極。

查理斯笑笑道：「魏、周、鮑勃，別在這走道裏站著說話了，很累，進去坐下慢慢聊吧！」

鮑勃訕訕笑道：「是是是，周先生，進去說吧！」

第一八二章

小巫見大巫

鮑勃和查理斯都好奇地看著周宣，
功夫練得再好，與製冰塊又有什麼關係？
魏海洪卻是見識過周宣製冰的能力，不足為奇，
與周宣其他的異能相比，
這只是小巫見大巫而已，更讓人驚奇的還在後面。

在娛樂室裏的沙發上坐下來後，鮑勃又從酒櫥裏取了一瓶紅酒出來，然後拿了四個高腳杯，每個杯子裏倒了小半杯紅酒。

「魏，周先生，查理斯，來來來，先喝一杯紅酒！」鮑勃推了推酒杯，然後可惜地說道：「遊輪上的製冰機壞了，這次沒來得及修理好，要是有紅酒中放點冰塊，味道更好！」

周宣笑笑道：「這好辦，我練過的一門內家功夫，就是屬陰的，可以試試看！」

鮑勃和查理斯都好奇地看著周宣，功夫練得再好，與製冰塊又有什麼關係？

魏海洪卻是見識過周宣製冰的能力，不足爲奇，與周宣其他的異能相比，這只是小巫見大巫而已，更讓人驚奇的還在後面。

周宣笑了笑，然後把酒杯一起擺到面前，伸出手指在高腳玻璃杯上面輕輕彈了彈，鮑勃和查理斯瞪大了眼睛盯著，眨都沒眨一下，就在這一刻，他們兩個人見到四個玻璃杯裏，淺淺的紅酒中，忽然間就多了兩塊小小的四方形的冰塊！

當然，是不是冰塊還不確定，但樣子和顏色跟冰塊一樣，大概是周宣用的魔術手法吧，扔了個像是冰塊的東西進去，扔的時候，動作太快，他們沒看到而已，就跟之前在甲板上時一樣，周宣的動作太快，讓他們沒能看清周宣是如何抓住子彈的。

周宣是用冰氣異能凍結成冰塊出來，然後用轉化吞噬的功能，將冰塊製成四方形的小塊，每個杯子裏做了兩塊。

周宣一攤手，笑了笑說道：

「鮑勃先生，查理斯先生，請吧，試試看，味道怎麼樣？」

鮑勃和查理斯兩個人還有些猶豫，周宣的動作實在太快，他們根本就看不清周宣到底是扔了什麼東西進杯子裏，要是有毒的東西呢？那還是不能輕易喝酒，免得上當。

但魏海洪絲毫不猶豫，笑著隨便端起一杯，輕輕搖了搖，那兩塊冰塊在玻璃杯子中撞得「叮叮」直響，發出清脆的聲音。

他輕輕搖了幾下後，這才小小喝了一口，在嘴裏感受了一下紅酒的味道以及冰鎮的涼意，最後才舒適的吞下肚，讚道：「好酒，好冰！」

鮑勃和查理斯對望了一眼，然後各自端起了杯子，輕輕搖動的時候，將杯子略微斜了斜，讓冰塊貼著自己手指的玻璃杯口的位置，就在那一刻，他們手指肌膚立即感覺到了冰塊的涼意，時間一長，冰涼的感覺更濃！

鮑勃和查理斯當即便察覺到，冰塊絕對是真的！

但這就奇怪了，如果說周宣是預先將冰塊藏在身上的，那他就太神了，他怎麼知道自己和查理斯會請他們來喝酒？而且，這也不是預先準備好的，而是臨時起意，隨興而爲的，就是他們自己，也不可能會知道，周宣應該絕無可能是預先準備好的。

而且還有一點，周宣身上穿得很少，只有一件短袖襯衫，連口袋都沒有，又在哪裡藏了

冰塊的？何況這遊輪上也沒有藏冰的東西，他又是怎麼把冰塊保存下來的？就算是從岸上帶來的吧，經過了一天的時間，那冰塊也早就應該融化了吧？

鮑勃和查理斯怔了片刻，見周宣和魏海洪各自端著酒杯喝酒，也趕緊把杯子搖晃幾下，倒了一點酒到嘴裏，那冰涼清瑩的感覺，讓他們兩個馬上就認識到，這酒杯裏的絕對是真正的冰塊。

鮑勃由於太興奮，喝了一口後，又無意識地再喝了一大口，將杯子中的紅酒喝乾了，只剩下兩塊冰塊在裏面，晶瑩剔透，還沒融化完。

鮑勃搖了搖空酒杯裏的冰塊，然後說道：

「好舒服，嗯，周，這冰塊應該還可以再用一次吧？」

說著，鮑勃又給幾個人酒杯裡加了酒，最後才給他自己倒。

那冰塊才融化了一點，還有一大半。

把酒倒進杯子後，鮑勃又興奮又好奇地舉著杯子，在燈光下瞧著杯中的冰塊，好奇得不得了，想了想又問道：

「周，你是怎麼辦到的？這也太神奇了！」

周宣笑了笑道：「沒什麼神奇的，這是我當年跟武當山的老道士學的一門陰性的內家功夫，施展出來，可以凝結成冰！」

周宣說完，然後想了想，又伸出手掌，對鮑勃說道：

「你試試，摸一下我的手，我運了這門功夫定在手掌上，你摸一下就知道了！」

周宣在這時，特意把伸出去的右手用冰氣異能把溫度降到了零下二三十度的程度。

鮑勃看著周宣略白的手掌心，也沒有什麼別的感覺，手掌上也沒有傳出冰冷寒意，什麼感覺都沒有，呵呵笑了笑，知道周宣不會害他，不再猶豫，把手伸到周宣的手掌上輕輕觸了觸，當即就有一股冰冷之極的感覺傳到他手上。

他手一顫，縮開了些，想了想，剛剛那個感覺太快了，沒有感受到，於是又把手伸過去，這次，他是仔仔細細觸碰到周宣手掌上，沒有再退縮開來。

周宣的手掌跟一塊堅冰一樣，冰冷到極點，鮑勃的手觸到周宣手掌心中，只不過四五秒中，便覺得吃不消了，接觸到的肌膚處，已經給凍得沒有知覺，可想而知，周宣手掌的溫度有多低！

鮑勃忍受不住，再次縮開了手，愣愣地盯著周宣的手，那隻手依然是那麼普通，沒有半分出奇，但一個人的體溫，怎麼可能會達到那麼低的程度？

如果是正常人類的話，這個溫度，非凍死不可，不凍死才是怪事！

鮑勃呆了呆，怎麼也想不通，原來認爲周宣是暗中藏了冰塊在身上的，雖然想不通是怎

麼藏的，但他卻是那麼認為，不過，與周宣的手掌一接觸過後，那種念頭便煙消雲散了，因為在這麼冷的溫度下，周宣不可能是完好無損的。

唯一能解釋得過去的，那就是如他所說，那是他練習運用的內家功夫而已，如果不是，就憑剛剛這種寒冷程度，那是什麼人都不可能承受得了的，這種溫度要是超過一分鐘，人類的器官肯定就會凍傷壞死，不可能再復原得了。

所以，只能說明這是周宣的內家功夫所致，並不是周宣藏了冰塊。

炎炎夏日，再能藏，也放不了一天時間，除非是在冰箱冷凍庫裏，要是藏在身上，別說一天，就是十分鐘，那都是難為之極的事！

鮑勃和查理斯都看不出來周宣的秘密破綻到底在哪裡，目瞪口呆了一陣，又想周宣其他的厲害處，這才想到，這個周宣，世界的第一首富，恐怕就不是他們想像得那麼簡單了。

鮑勃興奮地把一杯酒喝盡了，然後又倒了一杯，說道：

「周，再來！」

周宣嘿嘿一笑，知道他跟查理斯都在死盯著他，這個時候注意力更集中了，想要看清楚他到底是怎麼辦到的，或者是把藏在身體中的冰塊偷拿出來。

周宣這次只伸了一根食指，緩緩地伸到了鮑勃面前的杯子邊，然後輕輕地又彈了一下，就這麼一下，杯子中立時就出現了兩塊方白冰塊。

這回鮑勃和查理斯看得很清楚，周宣根本就沒動過手指以外的身體部位，而且，就算是動過的那根右手食指，也只是在杯子邊上彈了彈，動作緩慢到了極點，在旁邊的三個人都看得十分清楚，他絕沒有做過什麼奇怪的動作。

但是杯子中的那兩塊冰塊是從哪裡來的？

鮑勃愣了一陣，實在是想不透，又看看查理斯，查理斯跟他一樣的表情，半點也不明白，什麼破綻都看不到。

鮑勃再看看魏海洪，只見魏海洪倒是淡淡地笑著，似乎並不奇怪周宣的能力，倒是詫異起來。

他們跟魏海洪認識多年，可從來沒聽他提起過他有這麼神奇的朋友，而這個朋友也實在是太令人驚訝了，不僅有著比他們更厚實的財富，而且這一身的特殊能力，簡直就讓他們無法形容。

「周……」鮑勃猶豫了一下，然後才說道：「能告訴我，你這個魔術是怎麼變出來的嗎？」

看到他仍然不相信，周宣呵呵笑了一下，說道：

「這可不是魔術。我早跟你說了，這是我練的內家功夫，是一種陰性的氣功，能把物質

的溫度降到零度以下可以結成冰塊。現在你能相信了嗎？」

鮑勃和查理斯都是怔了怔。

鮑勃又問道：「那……既然有陰性的氣功，就肯定有陽性的氣功了，不知道你會不會陽性的氣功？」

周宣又嘿嘿一笑，轉頭瞧著酒櫥架子。酒櫥架上有紅酒，也有白酒、葡萄酒等等，隨即起身拿了一瓶白蘭地出來，說道：

「鮑勃先生，查理斯先生，我曾聽說過，紅酒要冰鎮，白酒要火煨，中國人的喝酒傳統就是這樣，古時候的人喝白酒，還要放到爐子上用火煮，不知道我們中國很有名的一個故事，你們有沒有聽說過，煮酒論英雄？」

「煮酒論英雄？」鮑勃愣了一下，側頭瞧瞧查理斯，只見查理斯也搖了搖頭，示意不知道，當即問道：

「那周先生就說說看，這『煮酒論英雄』是什麼意思？」

周宣訕訕笑了一下，這煮酒論英雄的典故，本是曹操試探劉備而設下的局，是個歷史典故而已，放到現在的場景來說並不適合，只不過是想起可以用來煮熱喝的中國白酒，用火煨熱後喝會是另外一種味道，與那典故並無相關。

「其實這並沒有什麼特別的意思，就是說古時候，有兩個算得上是大英雄的人物，相互猜忌，互相演戲，這兩個人物，一個叫曹操，一個叫劉備，曹操請劉備喝酒，大冷天的，就在爐子上煮酒喝，然後曹操就跟劉備說：這天底下的英雄，就只有你跟我兩個人而已！」

鮑勃呵呵一笑，說道：「是是是，他們煮酒，我們也來個煮酒論英雄吧？這天底下的英雄，就只有我們四個人而已！」

周宣啞然一笑，這鮑勃腦子轉得倒是挺快，一下子把故事套到他們自己身上了，笑了笑，然後又暗暗運起太陽烈焰的能力，在白蘭地上運用了一下。

不過，太陽烈焰的功力並沒有運得太強，只是把酒燙到八十度左右，熱量增加，酒力便給蒸了出來，但瓶蓋是密封的，所以從瓶身外是看不出來的。

太陽烈焰的能力不能用得太強，否則瓶子會禁不住高溫的焚燒脆化，不過，這些高檔的瓶子也是經過特殊製造的，經得起數百度高溫的烘烤，不過製酒商絕對沒想到，有人會把這酒拿來在高溫下烘烤的。

周宣的太陽烈焰能力遠比冰氣異能更強，冰氣異能只能將物質的溫度降到零下三百度左右，但太陽烈焰的能力，卻可以將溫度提升到七千度以上的程度，也就是說，周宣至少能承受那樣的高溫，不過到底能承受到什麼樣的極限，周宣卻沒有試驗過，因爲這高溫可不是開玩笑的，一個不好，就會將自己化爲蒸汽，變爲烏有了。

當然，周宣熱化白蘭地的時候，鮑勃和查理斯是半點也不清楚，也還沒搞明白。

周宣把瓶蓋打開，在鮑勃和查理斯的杯子裏倒了小半杯白蘭地，然後說道：

「喝喝看。」

接著，又給魏海洪倒了一杯，說道：「洪哥，你也喝一杯吧！」

魏海洪笑呵呵端起杯子，輕輕喝了一口，這白蘭地加熱後喝起來，確實有另外一種味道，但白蘭地跟中國的白酒，仍然有極大的不同。

瞧瞧酒櫥中，中國的酒只有一種，是一瓶茅臺，是用一個葫蘆形的罐子裝著，這種瓶身的茅臺是早期的產品，在國內也難以尋到，沒想到這鮑勃居然還有收藏。

周宣看魏海洪瞧著酒櫥中的茅臺，當即笑著問鮑勃：

「鮑勃先生，這白酒加熱的喝法，最好是用中國的白酒，不如……」

周宣還沒說完，正在吹著杯子喝酒的鮑勃當即說道：

「那那……那裏，茅臺，中國的茅臺酒，你拿來用就是！」

鮑勃剛剛端了酒杯喝了一口，白蘭地喝進嘴裏很燙，不用說，肯定是用火燒燙過，才會有這個溫度。

鮑勃小小喝了一口，酒味如何，他實際上沒有什麼感覺，一顆心完全落到了對周宣的瞭解上，想了想便問道：

「周，要不，你再給我們試試白蘭地冰凍的味道？」

周宣看著鮑勃提著酒瓶子對他說著，另一隻手還捂在白蘭地酒瓶子上面，在感受著酒瓶裏面傳出來的熱度，這個溫度並不低，即使放到冰塊或者冰水中，也需要一段時間才能降下溫度來，不會一下子忽然就降低溫度。

鮑勃的意思，就是想試探一下周宣，看看到底是不是用他所說的氣功能力就能改變溫度，還是用了別的障眼法造成的。

周宣笑了笑，當即把架上的茅臺先放到桌子上，然後接過鮑勃手中的白蘭地瓶子，伸手指在白蘭地瓶子上一彈，再遞回給鮑勃。

鮑勃伸手一接，大吃了一驚！

那白蘭地瓶子就只在周宣的手中轉了一下，不到五秒鐘，再還回他手中後，竟然就跟一塊冰塊一般，寒氣侵人。剛剛幾秒鐘之前，那瓶子還是火燙燙的。

鮑勃不禁目瞪口呆，那瓶子表層的溫度冰到了骨子裏，差點就沒抓穩，當真是有些覺得不可思議。

剛剛還火熱滾燙的瓶子，就這麼幾秒鐘之間，在他的眼皮子底下，就變成了冰塊一般的東西！

周宣是如何辦到的？

換了別的人，除了用不可思議來回答外，還真想不出任何的理由，一個滾燙的瓶子，沒

冰凍，無論如何也不可能一下子變成冰塊的程度。

鮑勃愣了一陣，然後趕緊又把瓶子傾斜，在杯子中倒了酒出來。酒液並沒有結冰，但離冰的溫度也相差不多，酒倒在杯子中後，還騰騰冒著白汽。

這次，鮑勃和查理斯是真的相信了，因為周宣的神奇，兩個人都圍攏了過來，瞧著周宣。

周宣笑了笑，把茅臺的泥封打開，一陣撲鼻的陳香味就噴了出來，當真是聞到這個味道就覺得醉了！

即使是不怎麼懂中國酒的鮑勃和查理斯，也忍不住讚道：「好香！」

周宣把一雙手捧在酒罐子下部，然後運起了太陽烈焰的能力將酒蒸了起來。這酒罐是上等的陶瓷，是高溫燒出來的，對高溫絕緣，遠比其他類的物質更能承受高溫，甚至比鋼鐵都還要強。

而周宣此時運出的太陽烈焰的高溫並不是多強，他只是將酒罐裏的酒燒滾而已，並不需要太強太高的溫度，燒滾酒，一百度足夠了。

陶瓷酒罐經過他的異能加熱，剎時間就升溫起來，隨著溫度升高，罐子裏的酒翻滾起來，跟鍋裏燒的滾水一樣，「咕嚕咕嚕」的直冒泡。

鮑勃和查理斯看得目瞪口呆，伸手到罐子上面試探了一下，那滾滾的水蒸汽很是燙人，但罐子下面是周宣的一雙手，難道他的一雙手當真比爐火還要好使？

滾滾而開的茅臺酒散發著極濃的酒香，聞到便有一種想要喝的感覺，看來用蒸汽來做酒的廣告或許會更好。

鮑勃呆了呆，又想伸手到周宣的手上試探一下，周宣當即說道：

「別碰我！」

鮑勃嚇了一跳，趕緊縮回了手，瞧著周宣只是訕訕的發笑。

周宣說道：「我沒別的意思，我運了氣功在燒酒，手掌上的溫度很高，要是鮑勃先生碰到了我的手，會被高溫灼傷的！」

鮑勃頓時釋然，周宣顯然只是不想傷到他，並沒有別的意思，這是爲了他好，當然也就不會怪周宣的語氣了。

周宣把雙手收了回來，再將四個酒杯並排到一起，又給每個杯子裏倒了一杯滾燙的茅臺酒，這才說道：

「酒煨好了，不過要稍等一下，等酒溫度稍降一些才能喝，現在會燙嘴！」說完又馬上道：「這是剛燙好的酒，最好是不要用陰性氣功降溫，那樣就不好喝了，要用自然的時間來降溫，酒裏的味道就不會失去，也不會被冰味掩蓋。」

鮑勃和查理斯都「哦」了一聲，然後端起了杯子，杯子很燙，但有高腳，握著杯子的高腳處就不會被燙到了。

杯子裏的酒很燙，還不能喝，不過酒氣濃烈的散發著，很是舒爽，要不是知道這酒溫很燙，鮑勃和查理斯幾乎就忍不住要喝了。

鮑勃和查理斯都是飲酒之人，平時就好這一口，現在喝起幾十年的老茅臺來，那種感覺還真的不一樣，酒意上頭，越喝越覺得這茅臺酒好喝。

而周宣自然知道，中國的白酒如果加熱了喝，是將酒的精華蒸騰了起來，溫度越高就越醇，酒的勁頭也就越緩和了，要到喝後差不多一小時後，酒勁才會升騰起來，那時才會明白茅臺酒的後勁。

瞧鮑勃和查理斯兩個人吹得不亦樂乎的，一邊吹一邊在喝著這茅臺酒，臉上都有些發紅了，看來喝得有些程度了。

這一陣子，眼見周宣那些神奇的表現，讓鮑勃和查理斯又興奮又高興，有了這麼一個能手在身邊，無論如何，也會增強信心的。

鮑勃和查理斯兩個人邊吹邊喝的，這酒在熱的時候更好喝，又不會立時醉倒，所以兩個人越喝越多，待停下來後，再倒酒時，就覺得頭有些暈乎乎，頭重腳輕的。

魏海洪也喝了不少，不過魏海洪的酒量不小，平時經常喝酒，而且白酒類的也喝得多，有了抵抗力，比鮑勃和查理斯兩個人的情形要好一些。

只有周宣一個人沒有問題，他雖然也喝了一些，但只是嘗了嘗紅酒的味道，紅酒沒有白酒那麼容易醉人，再說，周宣也只喝了一點點，那點量不足以醉人。

而且，周宣就算喝多了酒，只要在身體裏運起異能一逼，酒精就給逼出來揮發掉了，對他沒有任何影響。

喝了好幾杯滾燙的茅臺酒後，鮑勃熱得熱汗直流，索性把那凍得快結冰的紅酒倒出來，又狠狠喝了幾杯，那冰涼的感覺從嘴裏一直冰到腸胃裏，不由舒爽的長長呻吟了一聲，這感覺，實在是太舒服了。

查理斯也忍不住倒了一杯冰涼的紅酒喝了，熱氣是降低了，不過鮑勃和查理斯就醉得更快了。

喝酒跟人一樣，什麼人都怕冷熱夾攻，又冷又熱的，便是人也會感冒了，更別說喝酒的人了。鮑勃和查理斯兩個人兩杯冰凍的紅酒一灌下肚去，舒服是舒服了，不過還輪不到他們緩解，兩個人冷熱交加，等到周宣也喝了一杯後，兩個人就都支撐不住倒在了沙發上，哼也沒有哼出一聲，便即呼呼大睡起來。

估計這個時候，便是把他們兩個抬去賣了，他們也都不會有半分感覺，醉得很沉。茅臺

和紅酒以及白蘭地的酒勁一起湧上來，哪裡還頂得住？

看到鮑勃和查理斯都醉倒了，魏海洪這才對周宣說道：

「兄弟，你的能力強大了許多，比以前厲害得多了！」

周宣笑笑道：「洪哥，我還來不及告訴你，我的能力加強了很多，也許比以前強了幾百倍以上吧，還出現了些特殊的能力……」

魏海洪擺擺手道，「你的能力越強，對你來說是一件更好的事，我又怎麼會怪你？你不用向我解釋，我從來都不會怪你的！」

遊輪在大西洋的最深處航行了四天，可是一直都沒有找到鮑勃要找的目的地，這幾天當中，周宣把到紐約之後的經歷一一向魏海洪作了說明。

而鮑勃和查理斯把藏寶圖拿出來，細細檢查，又對了座標，但遊輪在大海中始終找不到那個地點。

周宣和魏海洪來到甲板上看風景，那些保鏢和船員都很敬畏地給他們讓路，離得遠遠的，對周宣充滿了畏懼的心理。

周宣看了看天空，一輪烈日當中，天氣很熱，一些船員甚至在船舷邊用水管淋水解熱。

周宣又看了看天邊，臉上有些詫異，對魏海洪說道：

「不好，洪哥，有風暴！」

魏海洪詫道：「天氣這麼好，怎麼會有風暴？」

當然，話是這麼說，魏海洪對周宣的能力是不會懷疑的，周宣既然這麼說，就肯定有他的道理。

周宣憂心地說道：「在正南面三百公里外，有一個強大的暴風雨正向這個方向移動，但速度不是很快，大概兩個多小時才會到這一帶，得趕緊找個避風港，把船停好。否則這樣的風暴，遊輪會有滅頂之災的！」

魏海洪怔了一下，周宣是絕不會對他開玩笑的，雖然不知道他怎麼能看到三百公里以外的地方，但對他的話卻是從來不懷疑，想了想，趕緊對鮑勃和查理斯說了這件事。

鮑勃和查理斯忍不住瞧了瞧天空，然後笑了起來，這樣的天氣，會有滅頂之災的大風暴？而且還在兩個多小時以內會到？

縱然他們對周宣奇特的能力感到心服口服，但對周宣這話還是很懷疑。

在大海上，出海的船隻往往都會查詢最近幾天的天氣情況，在出海前，他們的確查詢了這片區域的天氣，只是，今天是第五天了，通常天氣預報的情況最精準的是前三天，一個星期的後兩三天是最難準確預測的。

今天是出海的第五天，天氣有差錯也是正常的，只是現在天空中萬里無雲，烈日當空，

這種樣子又怎麼會在兩個多小時以內發生暴風雨？

他們自然想不到，周宣有驚人的異能，眼睛可以看到他們根本就想像不到的情況。

周宣想了想，走到魏海洪面前說道：

「洪哥，這風暴很厲害，還是儘早讓鮑勃和查理斯想個對策。」

鮑勃和查理斯都走了過來，周宣的話，他們也聽到了。

鮑勃有些不解地問道：

「周，你說有風暴，這天氣如此之好，怕是不一定吧？再說，就算有風暴，在這一帶海域也沒有什麼島嶼，兩個小時之中有風暴的話，又怎麼逃得出？」

周宣一怔，倒是沒想到這個問題，但也不是沒有辦法，看了看四周，然後對鮑勃說道：

「那防備一下也是好的，我看就往這個方向去吧！」

說著，指著往西南的方向。

這個方向是大西洋更深的地方，是各種船隻都很少到過的區域，因爲周宣看到五百多公里外的地方有一座島嶼，不過，如果要到這個島嶼的話，至少得四個小時才能到達，想要避過風暴還是不能夠，但周宣如果在船後暗中加速的話，可以輕鬆讓遊輪在暴風雨之前到達那個島嶼的。

但鮑勃又有些不願意，畢竟到了藏寶圖座標的位置處，要再離開，總是有些不甘心。

周宣見鮑勃不打算聽他的勸告，雙手一攤，笑笑道：

「鮑勃先生，我也只是提個建議而已，到底聽不聽，那就看你的意思了！」說著淡然走開了。

魏海洪呆了呆，然後對鮑勃和查理斯說道：

「還是應該考慮一下我兄弟的建議，他從來不胡亂說話的！」說完，轉身追著周宣而去。

第一八三章

在劫難逃

不知道是怎麼回事，他的能力莫名其妙就失去了，
而船身也被捲到了大漩渦的邊緣上了。
當真是在劫難逃了，看來人算不如天算啊。
早知道自己的飛行能力會無法使用的話，他又怎麼會留到這個時候？

到了船艙裏，周宣坐在休息室的座椅上想著事情，魏海洪跟進去後問道：「兄弟，真有危險嗎？」

周宣點點頭，然後道：「洪哥，真的很危險，而且是大風暴！」

魏海洪一怔。

但看到周宣臉上並沒有慌亂的表情，便奇怪地問道：「既然有大風暴，兄弟，你怎麼就沒有害怕的意思？難道你有辦法應付？」

周宣笑笑道：「洪哥，這幾天聊了那麼多，還有一件事我還沒有跟你說起過，那就是我有飛行能力了，而且速度很快。如果我一個人的話，幾秒鐘就能飛回紐約，但如果帶著你飛行的話，要多一分鐘左右。並不是多了你一個人速度變慢，而是我要分出一部分精力來爲你做一個防護罩，阻擋與空氣的摩擦，否則在那麼高速的飛行下，人是沒辦法存活的，會化爲灰燼。」

魏海洪如在聽天書一般，呆呆地直發怔。他怎麼也想不到周宣會說出這麼一番話來，以前一直知道周宣有異能，卻不知道他會進化到這種地步，人，真的能飛行嗎？

周宣笑道：「洪哥，別擔心，風暴再大，對你我是沒有半分危險的，我只是在想，要不要把這一船人救出去，我剛剛已經提醒過鮑勃了，但他不相信我，我也沒有辦法！」

魏海洪沉吟了好一陣子才說道：

「兄弟，就當幫我一個忙吧，把他們救出去。鮑勃曾經救過我一次，這個人雖然有些自大囂張，但對我確實不錯，不管是在金錢上或者是交往上，他都還算得上是一個講信義的好朋友！」

周宣見魏海洪如此說，頓時便沉吟起來。

魏海洪又說道：「兄弟，其實人最快樂的時光，莫過於朋友在一起，或者是和戰場上的戰友一起探險，共同經歷危險，才是最讓人懷念的。」

周宣摸著下巴想了想，便道：

「那好，等風暴來了的時候我才能出手，那個時候，他們才不會察覺到我的行動，但我只能盡力而為。如果救不了整船人，我就只能就帶著洪哥走了！」

周宣的話說得很明白，魏海洪點點頭，回答道：「那也行，只要盡力就好！」

在甲板上，鮑勃和查理斯看著碧藍如洗的天空，不禁都呵呵笑了起來，這樣的天氣怎麼會有暴風雨？

此次行動在這個座標附近晃蕩了一天多時間了，仍然沒有發現這兒有島嶼，在藏寶圖的座標上，這個區域是有一座島的，但怎麼就看不到？

而且雷達上面也沒有任何顯示，雷達的掃描中，這個區域附近，至少數百公里以內都沒

有一個島嶼。

沮喪之下，鮑勃和查理斯都覺得，藏寶圖搞不好就是一場玩笑，這裏連島嶼都沒有，又怎麼會有一個不老泉？

那些保鏢和船員自然不知道周宣對鮑勃和查理斯說的話，在甲板上仍然飲酒作樂，反正這一次的行動，鮑勃早說過了，不是與任何方面要交戰，也不是解救人質和機密的軍事行動等等，只是一次海上探險，所以他們就沒有絲毫的準備。

過了一個小時，鮑勃和查理斯仍然在甲板上談話，不過不知道幾時開始，頭頂上掠過幾片烏雲。

看到船上有陰影飄過，鮑勃和查理斯都是一愣，然後都趕緊抬頭望向天空，這一看，不由得當真吃了一驚！

不知從何時起，天空中堆滿了無數的黑白雲朵，籠罩了正南面的大半個天空，而且臉上不時有風在吹拂。

鮑勃和查理斯臉上不禁變色，相互對視了一眼，然後趕緊站起身，仔細的觀察起天空來。

天空中的雲越變越黑，風從南向北吹來，而且越來越急，這時候看起來，還沒有大風暴的跡象，但周宣已經說過了，大風暴很快要到了，現在已經過了一個小時，還有將近一個小時就會到來，從現在的天氣來看，一個小時後真有狂風暴雨，那也說不一定！

鮑勃呆了呆，再看了看查理斯，這時候的查理斯也有些慌意了，因爲周宣太讓他恐懼了。

兩人再互相對望了一眼，鮑勃從查理斯眼中讀到了恐懼和別的含意，於是急急地拿起通訊器，扭開頻道開關，然後大聲說道：

「船長室，馬上改道，向正南方全速前進！」

船長室開船的兩個人一接到鮑勃的命令，當即調整方位，改變了航行方向，不過現在是逆風而行，所以船速不可能達到最高。

鮑勃到船舷邊又看了看天，又試了試風向，風速是越來越快了，天上的雲就這麼一會兒時間就變得更厚更黑，沿著天際的海岸線，黑雲有些壓頂的味道。

風暴未至，就已經顯現出來有大風暴的味道。

鮑勃一急之下，趕緊對查理斯說道：

「查理斯，你趕緊到船長室督促他們，不能有絲毫大意，全速往南面逃離，我去找周先生，看他有沒有別的辦法！」

查理斯也知道情勢緊急，急急點頭，然後迅速前往船長室。

而鮑勃也拔腿就往休息室的方向跑去，他要去找周宣，請他出手相救，看看有沒有解救

的方法。看來過不了多久，大風暴就會到來，之前的確是誤解了周宣。

鮑勃此時已經顧不得多想了，急急地奔到休息室。

周宣和魏海洪正在聊著天，看到鮑勃一跑進去，周宣馬上淡淡一笑，這時候鮑勃才知道急了。要不是周宣有把握，像這樣的局面，又哪裡鎮定得下來？

鮑勃一衝進休息室，就趕緊說道：

「周……對不起我錯了，你趕緊想個法子吧，看看能不能躲過這場風暴？」

周宣沉吟著，沒有回答。

鮑勃頓時急得冷汗都出來了，這艘船可是他的寶貝，就這麼毀了，心裏如何能忍受？

「周，你既然知道有這麼大的風暴，那一定就會有解救的辦法，是嗎？」

周宣猶豫起來，那麼大的風暴，他也不知道能不能夠把這麼大一艘遊輪穩定下來。不過，估計自己要拖行一艘遊輪，問題應是不大。

因爲平時練習的時候，周宣就知道他的力氣很強勁，連數十噸重的大貨車都能輕易抬起來，以他的能力，如果一個人飛行，當然可以以人類正常眼光看不到的速度飛行，但如果帶了超重物，比如說這艘大遊輪，那飛行的速度就不可能會快得起來，自然就逃不過別人的注意了。

所以，周宣才猶豫起來。

如果要逃開風暴的襲擊，只要他不怕被人發現，以他的能力要護住這艘遊輪，並不是做不到的事，只是在考慮著值不值得那樣做。最好的辦法，還是在他們不知道的情況下做吧。

此時，周宣忽然覺得風暴的速度加快了起來，風暴中心的能量也增強增大了許多，不由得吃了一驚！

這個時候要動手，或者把船速加快起來，時間也不夠了。

在水中推船行駛的話，只怕來不及逃離風暴，如果把船以飛行的速度托起來，倒是有可能逃離風暴，但想要隱藏形跡，就很難了。

這個能力可不比在船上教訓一干保鏢船員，那些動作只會讓那些保鏢船員認為周宣是練過中國古代武術的高手，那些能力雖然很強，但在他們的眼中還不至於太離譜，但飛行就不用說了。

周宣遲疑了起來，這一陣子，風暴的前奏已經開始了，從船外已經能聽到風的呼嘯聲了。鮑勃的對講機裏傳過來查理斯的聲音：

「鮑勃，風力已經達到五級了，而且還在迅速增加，暴風雨快到了，怎麼辦？」

鮑勃臉色蒼白起來，這個風力還只是前奏，如果到達暴風雨的中心點，那肯定就死定了，這艘遊輪將遭受到有史以來最嚴峻的考驗！

這時，不用聽外面保鏢和船員的彙報，就已經聽到「啪啪啪啪」急促而又響亮的雨點拍打聲，休息室有一扇窗戶是開著的，雨點夾著狂風呼嘯捲入，把三個人的臉打得生疼。

鮑勃趕緊把窗戶關上，平時很輕鬆的動作，現在在大風雨中竟然十分困難，而這時，還只是風暴的開始。

整艘船開始劇烈晃動起來，三個人在休息室中也給甩得搖晃動盪，站立不穩，鮑勃已經急得青筋都暴了出來，想竄出門去，但船身猛一偏，將他歪倒，狠狠撞在船壁上！

鮑勃啊喲一聲，額頭撞破了，鮮血直流，船身再度大幅度的傾斜，鮑勃一下給甩出了艙門。

一出艙門，鋪天蓋地的海水便撲將上來，淋得他眼也睜不開，感覺到自己正摔向無底的深淵中。

就在此時，忽然間，鮑勃被一隻有力的手抓住了，然後那隻手一拖，便將他拖了回來，再推進船艙裏面。此時耳邊傳來了周宣的聲音：

「把門鎖上，千萬不要出來！」

鮑勃這才睜開眼看了個清楚，他和魏海洪都在這間休息室中，魏海洪正把門緊緊關上。

鮑勃不用想，也知道是周宣救了他，詫異地問著魏海洪：

「魏，周先生呢？他去哪兒了？」

說實話，鮑勃是擔心周宣會遇到危險。在這樣的天氣中，周宣能力再強，也沒有辦法跟老天爺鬥吧？

鮑勃看了看魏海洪，他臉上很平靜，確定沒有一絲半分的驚慌和害怕，似乎完全沒有爲周宣擔心，這讓鮑勃有些奇怪，周宣難道還會有法子保護他們的安全？

船身仍然在強烈地搖晃著，鮑勃和魏海洪努力抓緊著休息室中固定的物架，用來穩定自己的身子不被拋來撞去。

周宣這個時候已經飛到了船後方，在驚天的風暴巨浪中，他有如一根海礁岩石一般屹立不動，海浪再兇猛，拍打過後，他仍然穩穩的在那兒。

周宣可以確定，自己不會受到這股風暴浪的威脅，只是這艘遊輪恐怕就支撐不到風暴最大的時候了，可以肯定，如果不是他在這兒的話，這艘遊輪無論如何都會被捲進大風浪中，給吞噬掉。

好在甲板上的人都跑回到了船艙中，甲板上沒有一個人，當然也就不會看到周宣從甲板上飛到船尾後。

周宣先在船後的半空中眺望了一下，大風暴還有二十分鐘就要到達，他也不敢確定自己一定能把遊輪穩定住而不被暴風浪捲走，所以得趕緊把遊輪推走，並且還要以快過風暴的速

度前行。

估計了一下風暴達到的速度和時間，周宣這才附在船尾的鋼殼上，推著船身運起力來。那龐大的遊輪頓時給推動得加快了速度。在船長室裏開船的兩個駕駛員根本就察覺不到，艙前的玻璃上，狂猛的暴風雨急劇打在上面，連一米的距離都看不出去，只能靠駕駛艙裏的雷達探測儀器來探測船體四周的環境。

遊輪在周宣的推動下，速度比自身馬力全速行駛下要快了六七倍。乘風破浪中，周宣覺得自己並不吃力，還可以更快。

不過，就在周宣強力推行的時候，卻發現他忽然有一種要墜落進海中的感覺。

當即一怔，這才多大一會兒功夫？自己感覺到能力還強勁得很，不可能是能量耗盡的原因。

周宣一急之下，趕緊飛到船身甲板上。

站到甲板上後，這才發現船體在海面上打轉。

大約距離兩百米的前方，出現了一個超級巨大的漩渦，漩渦中間那個黑乎乎的大洞，有一棟房屋那麼大，有如一個怪獸，張大了嘴巴在等著食物送過去一般。

周宣此時忽然驚恐起來，因爲他的能量竟然使不出來了！除了力量還維持在沒有進化到數百倍之前的境界中。

他的飛行能力和強大的能量似乎被這個漩渦吸住了，難怪剛才感覺到飛不起來！

這到底是什麼原因？從得到飛行的能量起，周宣就沒有遇過像現在這樣的情況，能量只有在越來越熟練的情況下變得更強，從未失去過。

然而現在的情況是，他正在逐漸失去這個讓他變得強大的能力。

無法飛行，這讓周宣恐懼起來。要是不能飛了，那他在這個深海中的遊輪上就無法逃出去，更沒有能力帶魏海洪離開，這到底是什麼原因呢？

看著船前那個超級巨大的漩渦，周宣著急起來，可是沒有飛行能力的他，即使著急，也沒有辦法。

遊輪正在向那龐大又恐怖的大漩渦靠近，以這個吸力，即使把船全力開動，只怕也逃不了。

周宣在甲板上被狂風暴雨吹得無法動彈。沒有了百倍的能量，他此時退步到幾個月之前的境界了。

船上的船員們都不知道現在的情形，在周宣推船的那一陣子，船體還算穩定，現在的情形，遊輪又在瘋狂搖晃了，比之前猶有過之而無不及。

周宣在甲板上已經自顧不暇了，風暴越來越大，周宣運起目力看過去，此時看到的情形，讓他更是吃驚，風暴竟然提前到了。

不知道是怎麼回事，他的能力莫名其妙就失去了，而船身也被捲到了大漩渦的邊緣上了。當真是在劫難逃了。

看來人算不如天算啊。以前因爲身擁異能，所以有恃無恐，若是早知道自己的飛行能力會無法使用的話，他又怎麼會留到這個時候？那時就帶魏海洪離開這個危險地帶了。

船艙裏的所有人都不知道，他們的末日到了。

看到遊輪被吸到大漩渦的邊緣，周宣不禁慘然苦笑，這一下當真是聰明反被聰明誤了，本想留下來救所有人，結果反而把自己和魏海洪都搭了進去。

一聲大響，一道閃電雷鳴劃破暴雨，遊輪在這一瞬間給吸進了大漩渦中。

周宣暗嘆一聲，完了！

接下來，就是鋪天蓋地的黑暗。

在無盡的黑暗中，船一直在往下沉，周宣的心也在下沉，無邊無底。也不知道會沉到什麼地方，會落到什麼時候。

在無盡的黑暗中，周宣又感覺到壓力逼了過來，這大漩渦的中心竟是空的。沒有水。倒是可以透氣，但越是這樣，就越是恐懼。此刻，連周宣都認命了。看來是死定了，只能聽天由命了。

黑暗中，周宣也暈了過去。在這樣的天威面前，即使是擁有異能的他，也無法與大自然的威力相抗。

不知道什麼時候，周宣緩緩甦醒過來，他感覺自己正在被海浪輕輕拂著，睜開眼後，天空略有些淡紅色，天上的太陽沒有能量一般，是紅色的。

自己的身子此刻正伏在黃金般的沙灘上，一半在乾沙上，一半在海水中。

周宣呆怔了一下，然後回憶起出事之前的情形，好在並沒有失去記憶。

記起了出事之前的情形後，周宣趕緊尋找起來。六七十米外的沙灘邊，一艘遊輪好好地斜靠著，只是船上沒有一丁點的聲響，估計所有人都震暈了吧？

此時的周宣發覺，他的異能還存在著，但沒有之前能飛行的時候那麼強大了。

不能飛行，不能透視，也不能用眼睛進行那些強大的毀滅活動，而且身體只能從天空中那微紅的太陽身上獲取能量，這個能量的吸收程度，也只有之前的程度了。

周宣立時猜想到，自己極可能是被一種神秘的力量吸收了能量。

頭頂上的太陽也很奇怪，是紅色的，像剛初升的時候差不多。

這太陽可以用眼睛直視，一點傷害都沒有，奇怪的是，這時候應該是午時了，太陽光怎麼還會這麼柔和？一點也不刺眼。

這太奇怪了。

呆了片刻，周宣不再想這件事，趕緊跑向遊輪處，沿著舷梯爬上去。

船上沒有任何的動靜。也不知道魏海洪他們怎麼樣了，爬上甲板後，周宣毫不猶豫往休息室的頂層艙門走去。

門是緊閉的，周宣伸手在門上試探著推了一下，力量還在，只是沒有之前的能力那麼嚇人了，也就是說，周宣回到了之前的樣子，擁有異能，但沒有吞噬九星珠之後那麼強大了。

周宣運起異能，把門後的鎖轉換吞噬掉，把門推開。魏海洪和鲍勃暈倒在休息室裏面。周宣趕緊用異能幫他們兩個恢復知覺，然後探測起整艘船來。

船上的人沒有一個死掉，只是在暴風雨之初的天搖地動中，碰撞受傷的不少，一百多人倒是都還活著。

周宣索性把這些人都恢復了知覺，讓他們醒過來。

慢慢的，遊輪上到處都是說話聲，很多人跑到甲板上來觀察。

遊艇擱淺在一個島上。這裏黃金線一般的沙灘延綿不盡，只有周宣才看得清楚。

這海島極大，至少有十平方公里。海灘上有一座小山，再往後山勢起伏，古樹盤根錯節，跟原始森林一般。這個島看起來很大，但卻像從無人煙來到一般，沒有絲毫人類的痕跡。

周宣這時才騰出心思來觀察這兒的情況，島上似乎安靜得可怕，有些反常，讓周宣也不禁害怕起來。

周宣感覺到身邊的一切都那麼不正常，天上的太陽也非常無力，紅紅的光芒格外柔和，這讓周宣突然有了一種錯覺，這是不是在地球上啊？

再瞧瞧太陽，大小與自己平時見到的太陽好像真的很不一樣。平時見到的太陽跟個圓盤差不多大小，但現在見到的這個太陽，至少有臉盆大小，但奇怪也就在這兒了，照理說，太陽越近，熱力應該越足才對呀！

周宣呆了一陣，然後趕緊掏出手機來。

手機的功能是完好的，照相，錄音，玩遊戲，樣樣都可以，只是按電話撥打，卻沒半點動靜，手機似乎是連接不到任何網路。

周宣呆了一陣，又瞧了瞧陸續醒過來的人。

除了好奇和驚訝之外，這一百多人居然很幸運地活了下來。

這可是想像不到的情況。在暴風雨中，船身瘋狂擺動，所有人都昏迷了過去，所以，到底出了什麼事，沒有一個人知道。

只有周宣一個人略微猜到，大家是陷入未知的困境中了，但到底是個什麼樣的環境，他也不清楚。因為此時的他，能力大減，消耗了不少。

魏海洪和鮑勃也甦醒過來，兩人相互對視了一眼。因為有鮑勃在，所以魏海洪沒有說什麼，只是問周宣：

「這是在哪兒？」

周宣苦笑道：「洪哥，鮑勃先生，我想我們遇到麻煩了，這是個沒有人跡的海島。奇怪的是，這麼大的一個島，無論如何都會被人類的科技探測到吧，但這個島卻沒有人類的痕跡，想必這個海島是未被開發的島吧。」

魏海洪和鮑勃聽了周宣的話，也沒有說什麼，一骨碌爬起來，到了甲板上，跟其他人一起觀察著。

當然，他們再怎麼看，也看不出來有什麼不同。

這麼大的一個島，森林茂盛，肯定是不缺淡水的。再說山勢延綿，看樣子還有野獸在內，只是不知道在這樣一個島上，又會有些什麼樣的動物呢？是已經滅絕的古生物種類，還是跟現在陸地上的那些動物一樣？

船上的人大部分下了船，到沙灘上檢查地形，探查情況。

這海岸線的風景實在美麗，讓人流連。這次遊輪擱淺，也不能輕易弄出來，所以就算要離開這個地方，也不是一天兩天的事了。

周宣也跟著眾人下了船，在海灘上享受著美麗風景帶來的快樂。所有人都忘掉了甦醒之前那個大風暴，因為確實也想像不出來，這才多久的時間啊，之前還是狂風暴雨，海浪濤天，但轉瞬之後就風平浪靜了。

周宣望著遠處起伏的山脈。能力下降後，他沒有了飛行的能力，吸收速度自然也同樣減少了。眼睛雖然還是比常人厲害得多，但比起能飛行的時候，可就是有天差地別了。

那些船員和保鏢歡天喜地往岸上跑去。因為身上帶有槍枝武器，人手又眾多，自然不擔心會遇到野獸，最主要的原因是逃過了致命的大風暴，還毫髮無損。

遊輪也是完好無損的，雖然擱淺了，但總能想到辦法把它拖出來，要離開這個島嶼，顯然不是太難的問題。

只有周宣一個人望著遠處的森林山脈。

忽然間，他的心裏湧起了一個恐懼的念頭來！

他心裏很清楚，絕不是穿越時空或者能力倒退，而是被某種神秘的能量限制了能力。

仰望著天空，朵朵白雲被紅紅的太陽光映成了微紅色。周宣心中一動，展動身體，盡力吸收著太陽光的能量，再閉上眼睛慢慢感受著。

幾分鐘後，周宣便明白了，為什麼他的能力忽然消退了那麼多，原因就在於這個紅色的太陽上面！

這個太陽似乎被用什麼能量層隔阻了，就像地球表層有大氣層一樣，能阻擋住宇宙無數

的射線，而這一層能量層，卻阻隔了太陽光的絕大部分能量，並且，這絕大部分能量被能量層吸收，用以維持能量層的作用。

就像這個島嶼被一個巨大的能量罩倒蓋下來，把島嶼罩在了裏面。從能量罩裏再透射進來的太陽光，只能滿足基本的動植物生存需要，而對周宣這個需要靠太陽光來維持能量的異能人，影響就巨大了，得不到那麼強力的太陽光能，讓周宣的能力大打折扣！

第一八四章

金鐘罩鐵布衫

這時候，眾人知道周宣當真是有極其奇特又深厚厲害的功夫了，
好似是金鐘罩鐵布衫一類的硬功夫。
聽聞中國的這門功夫極為了不起，練到高深處，是刀槍不入的，
看來周宣練的程度也不輕了！

周宣又探測了一下，凝成異能束僅能探測到兩百米的距離，但一點也探測不到天空中的能量罩究竟在什麼高度。

周宣嘆息了一聲，不禁想到，這樣一個能量罩，絕對是一種極高層次的科技能量器。該如何來對付這個能量罩，讓自己恢復能力呢？

周宣緩緩走上沙灘前面的小坡上，看到那些保鏢和船員正興奮地拖著兩隻野豬。

這兩頭野豬並不是很大，每頭大約在兩百斤左右，十幾個保鏢船員抬著這兩頭野豬到海邊，用匕首剝了豬皮，清洗了肚腸。

還有一些船員到林子邊撿了些樹枝乾柴回來，在沙灘邊架起木柴生起火堆，然後燒烤著野豬肉，遊輪上有鹽料香精，船上的大廚吩咐小工取了來，在火堆邊協助燒烤野豬肉。

周宣皺著眉頭思考著，鮑勃和查理斯幾個人也是神色凝重地在商談著什麼。

過了一陣子，鮑勃過來請周宣一起商量事情，顯然是對周宣的能力有了新的肯定。

周宣跟著他走到了那群人之中，瞧了瞧，有七八人之多，除了鮑勃、查理斯和魏海洪之外，還有五個保鏢，這五個人是保鏢之中的首領。

周宣一到，那些人都站了起來，面對周宣時都是恭敬的神色，周宣微笑著擺擺手，示意大家都坐下。

等到眾人都坐下後，鮑勃才說道：

「各位，周先生也到了，我就簡要地說一下目前的情況。從風暴之後，發生了一些很奇特的事情，我們目前暫時無法解釋，現在的情況是這樣的，我的遊輪安裝了世界上最先進的雷達探測器，以及最先進的衛星通訊系統，與世界上二十多個國家的商務衛星擁有者簽訂了租用合同。也就是說，除非這二十多個國家的衛星都同時失去了作用，我的遊輪才會收不到訊息，否則，對外信號中斷的情況是不可能發生的。但現在的情況卻是，我們不能與外界聯繫了，而且，遊輪上的雷達探測器在海面上的探測距離是七百公里，現在居然探測不到海面上的任何情況。除了這座島嶼外，外界的一點情況都探測不到，這很奇怪，好像是有什麼東西阻擋了我們的雷達探測波一樣！」

周宣自然就明白了，那個能量罩能阻隔太陽光，自然也能夠阻擋住雷達了，如果他能夠從海面上離開這個能量罩的話，興許就能恢復自己的能力。

「周先生，你有什麼看法沒有？」鮑勃問周宣。

他們把周宣請來，自然是看重他的能力了。

周宣沉吟了一下，然後才說道：

「你們發覺沒有，這裏的太陽光是淡紅色，與我們常見的顏色並不相同。我有個小儀器，可以分析出來。這個太陽光的淡紅色並不是太陽光變弱了，而是太陽光與這個島嶼之間，隔了一層某種透明的物體，這種物體讓太陽光的能量減弱了許多。而且，這個阻隔太陽

光的東西，就如同一個半圓形的大罩子一般，將這個島嶼蓋住了，阻隔了一些能量線束，比如說是光啊、電波啊等等。」

一聽到周宣這麼說，鮑勃等人都呆了呆，鮑勃隨即一拍大腿，急急地說道：

「對了，就是這樣，我的遊輪上，與外界聯繫的電波都發不出去，也接收不到從外面的電波，並且，遊輪上的發動機和電子儀器都受到了影響，發動機不能運作，也就是說，遊輪即使拖到了海面上，也行駛不了，原來是這個原因啊！」

周宣也是一怔，原想讓遊輪下海，駛離這個島嶼，但鮑勃這樣說，周宣當時就覺得自己的計畫又擱淺了。周宣原想著把遊輪弄下海，但遊輪上的發動機沒有了效用，這個計畫就行不通了。

不過，用人工也可以吧？遊輪上有橡皮艇以及救生艇，就算用人工划小艇，那也可以在近十公里的範圍活動，看看能不能離開這個能量罩的區域。

想了想，周宣又說道：

「鮑勃先生，查理斯先生，還有各位朋友，我想提個意見。這裏是個神秘的地方，我想，這個島多半是被某種神秘的力量所控制著，也許這個島根本就不在我們地球所探測到的版圖之內。因爲它這個能量罩，我估計外界根本就看不到它的存在，而且我也覺得，這個島嶼上充斥著強烈的危險氣息，我們得趕緊想辦法離開這裏。今天可能太晚了，等過了這一夜，明天一早，我們就組織人手划船，乘橡皮艇或者救生艇往海面外層划出去，看看能不能離開這個島的能量防護層。」

鮑勃和查理斯這些人，又如何想到科幻小說的情節竟然真的落到了他們身上，難道他們成了外星人的試驗品？

因爲周宣的能力遠遠強過他們，他們都很信服周宣，所以周宣說的這些話雖然不可思議，但卻有些相信。所以大家對周宣的意見都沒有反駁。

這時，剛剛忙著燒烤的保鏢們過來請他們去吃野豬肉。

野豬肉烤得很香，金黃酥脆的表層，肉香撲鼻，眾人都是垂涎欲滴，各自取了匕首出來割肉。

這野豬肉的確很香，也有可能是在船上吃了好幾天船上的食物吧，現在吃到這麼香噴噴的新鮮肉食，當然覺得好吃不過了。

天色漸漸晚了。周宣提醒眾人趕緊回到遊輪上去，晚上要分批守衛，而且要加強警惕，休息的人最好不要分散，聚在一起會有更強的戰鬥力。

鮑勃當即把四十二名保鏢一百一十名船員分成了三批，每一批五十名左右。回到遊輪上，他又把剩下的人全部聚集到遊輪頂層的大廳中。

守衛遊輪的人主要分佈在靠岸的那一面，海中的一半少一些。

天色一黑，除了大廳中亮了一盞燈外，其他地方都關著燈，好節省儲備電源。

保鏢們又把所有的武器彈藥箱子全搬到大廳裏，四十二名保鏢都配備了武器，剩下的武器大約還能配備六十個人左右，於是在船員中選了對武器熟悉的一些人手，分發了武器。

有這麼強的軍火實力，如果只有野獸之類的對手，應該是不必畏懼的。

鮑勃和查理斯以及那些保鏢和船員，都沒有太畏懼，只有周宣和魏海洪很擔憂。

周宣隱隱有著不安的感覺，而魏海洪相信周宣的能力，周宣感覺不妙，他自然是跟著周宣的感覺走。

周宣明白，既然這個島被神秘的能量罩控制著，那麼就肯定有神秘的力量存在，也許這神秘的力量正睜著眼睛在盯著他們呢！

大廳中到處都鋪了地毯，百餘人都打了地鋪睡覺。睡不著的就在窗邊觀察岸上的情況。

遠處延綿的山脈，黑乎乎的，看不到任何的情況，船上，守衛的五十個人正在小心地守衛，四十二名保鏢更是配置齊全，包括高精度的夜視儀，用以在夜晚中觀測。

周宣很是憂心，不安的感覺越來越強，但還是對魏海洪說道：

「洪哥，好好睡一覺吧，養足精神，有事我會叫你！」

魏海洪點點頭，安慰周宣道：

「兄弟，別想那麼多，人一生說起來很長，但其實就那麼短短幾十年，放寬心吧，一切都沒有問題！」

周宣苦笑道：「洪哥，你倒是看得開，可我想父母妻兒，我放心不下他們！」

魏海洪又何嘗不是呢，嘆了口氣，臥倒在地鋪上，拉了毯子蓋在身上睡覺了。

周宣坐了半晌，嘆了一聲，也跟著躺下睡了。只是眼睛雖然閉著，腦子裏卻是思緒茫茫，亂七八糟的，靜不下來。

時間過了四個小時，大約是在夜晚十一點鐘的時候，迷迷糊糊間，周宣忽然被一聲巨大淒厲的獸鳴聲驚醒！

周宣霍地一下坐了起來。他看到同樣是被這一聲巨大的叫聲驚醒而彈身起來的其他人，尤其是那幾十名保鏢。

他們的身手自然要強於其他人，危險降臨的時候，反應也要強於別人，所以彈身而起後，就提了槍到窗戶邊觀察。在外面守衛的保鏢們也在仔細觀察著，同時對鮑勃進行彙報。

從鮑勃的通訊器中，周宣聽到保鏢們對外面的觀察並沒有發現什麼，那一聲獸鳴後，也沒有看到到底是什麼東西。

不過，按照那個聲音的程度來估計，這頭野獸絕不是一般的野獸，以他們所知的野獸聲

音來看，這野獸的聲音與他們熟知的任何野獸都不同，而且聲音更大，就是那些雄獅大象，聲音再大，都不能與這一聲叫聲相比。

周宣現在只能探測到兩百米左右的距離了，所以也探測不到什麼，也沒有起身到窗戶邊觀看。

外面黑漆漆的，即使要看，也看不到什麼，還不如他的異能探測，雖然只有兩百米，但這兩百米以內的範圍，他卻是完全收在眼底一般，可以清楚觀測到。

那頭野獸只是叫了一聲，然後似乎就銷聲匿跡了，再沒有發出聲響，而在外面守衛的人也沒有發現蹤跡。

大廳裏的保鏢們也紛紛出去支援，雖然還沒有到他們輪守的時間，但危險來臨時，大家自然不分彼此了。

周宣想了想，又緩緩躺下，反正也探測不到什麼，乾脆依然躺下休息著。不過，異能還是全力探測著外面，而那些出去的保鏢也逐漸返回進來。那一聲獸鳴後，就再沒有什麼動靜，所以就回艙了。

不過，就在這個時候，周宣忽然神經一緊，隨即坐起身大叫道：

「注意海面上！」

因爲岸上的那一聲野獸鳴叫發生後，守衛的人大部分都撤到了岸邊的這個方向，朝海面上的方向人手就少了。

周宣在這個時候，異能忽然探測到，在離遊輪一百多米的海面上，有一頭奇大無比的野獸蹲立著。

這一帶的海域深度不是很深，沙灘邊近一百米以內，才數米的深度，延伸出去，兩百米左右的地方也才十來米深。

周宣忽然間探測到的這頭野獸，長得似虎似獅，很是奇特，而且身子巨大無比，四條腿踏在海水中，還露出了大半身子。這頭野獸，恐怕有十六七米的高度，身長超過了二十米。

在現實的世界中，周宣從來就沒有看到過這麼龐大的陸地動物，在海裏還有，比如鯨魚，海裏最龐大的動物才有這個身長高度。

而這個動物雖然是在海面上，但周宣感覺得到，這個東西是岸上的動物，跑到船後面的海面上，只不過是爲了不引起遊輪上的人注意。

周宣這一叫，那些保鏢當即撲到朝海面的窗戶邊。然後趕緊又通知在外面守衛的保鏢們，要他們注意遊輪後面的海面上。

那些保鏢戴著夜視儀觀察，周宣更是緊張地探測著，那個古怪的野獸向前移動了幾步，離遊輪的距離至少近了十來米，然後將身子微微蹲下。

一看到那野獸這個動作，周宣當即驚呼道：

「不好，大家小心……」

從前面移到後面的保鏢們也都從夜視儀中看到了這個龐然大物，一百多米的距離並不遠，對於槍枝發射距離來講，這個距離實際上已經很近了。

周宣在呆怔的這一刹間，那頭野獸已將身子往前一竄，高高躍起，一躍近七八十米。第一次落下時，那裏的海水深度只有三四米，那怪獸的外形便幾乎露出來了，有幾層樓房高，比遊輪只矮了一點；第二次竄起後，便「刷」的一下落到了遊輪的甲板上。

「嗷！」接著就是一聲嚎叫。

遊輪在這一下子，也是搖晃了好幾下！

「咚咚咚」的沉重腳步聲中，遊輪搖晃不已。在這艘遊輪上，即使整船一百多名船員保鏢都到了船的一邊，也不能將它弄得搖晃起來的，這外面的到底是什麼東西？竟然可以把龐大的遊輪弄得搖晃不已？

而且還只是那怪獸走路而已！

從這點來估計和想像，周宣頓時想到了在電影中看到的一種怪獸：酷斯拉，是在核子試驗中被刺激而變異的巨大蜥蜴。

周宣很清楚探測到，在甲板上的，是一頭超級巨大的雄獅模樣的野獸，在甲板上低聲嚎叫，將一眾守衛的保鏢和船員不是踢死就是咬死，還有一些給牠用尾巴掃到船艙壁上撞死。

其他的，有一些逃進船艙裏面，還有一部分跳船摔到沙灘上，船外面雖然黑乎乎的，讓人很恐懼，但總好過給這頭龐然大物活生生咬死要好。

在這頭龐然大怪獸面前，他們這些人就好比小點心一般，只夠給牠塡牙縫而已。

周宣驚懼之下，趕緊運起異能轉化那野獸，但驚訝地發現，他的異能居然轉化不了這頭野獸。

這可真是讓他吃了一驚，他的異能轉化不了的東西，只有不屬於地球之內的任何物體，而這頭野獸看起來當真是有些來歷奇特，難道說，牠也是屬於外星球的生物？

周宣以前也遇到這樣的事，有經驗了，之前對付不了外星球的生物或者是受到外星文明加以改造過的物體時，周宣便用太陽烈焰的高溫將這種物體熔化掉，雖然這些物體不怕他的異能轉化吞噬，但卻怕超過牠們身體能承受的高溫！

周宣沒有先運用高溫來燒烤那怪獸，而是用冰氣異能先去凍結了一下，那怪獸是先從沙灘上跳到海中，再從海水中跳上船的，所以身上沾有海水在身上，周宣的冰氣異能一使出，那怪獸身上頓時出現了厚厚的一層冰塊，立時把怪獸凍僵住了。

周宣暫時鬆了一口氣。

不過他還沒有放心下來，那怪獸身上的冰塊「喀嚓喀嚓」連連響個不停，冰塊碎裂開

來，全部掉在了甲板上。

這一下，那怪獸頓時明白，船裏有人在對付牠，頓時怒吼連連的暴跳起來，然後猛咬猛撞艙壁，船給牠撞得東倒西歪的。

艙壁雖然都是鋼鐵架子，但也經受不起怪獸的狠咬，那些鐵架如同脆骨一般，被那怪獸咬開來，艙頂露了一道七八米寬的大口子，艙中的人頓時見到一張血盆大口和一雙比臉盆還大的眼珠！

在嚎叫聲中，眾人都嚇得往裏邊擠，那些保鏢立時長短槍一起掃射，子彈密密麻麻射向那怪獸。那怪獸受痛，當即偏過頭，讓子彈射在牠的皮膚上，濺出無數火星，「叮叮噹噹」的響聲中，子彈碰在怪獸身體上，再散落在甲板上。

這子彈竟然射不穿怪獸的皮膚。

周宣也吃了一驚，那怪獸怒火中燒，震雷般的一聲怒吼，伸出腳爪在艙壁上猛抓。

艙壁給牠的腳爪一抓，「撲」的一聲就裂開了，腳爪猛然又抓進艙中，這一爪便將三名船員抓得肚破腸流，眼見是活不了！

要是子彈都對付不了牠，可就難了。

鮑勃很兇悍，瞧準怪獸張嘴咆哮時，取了一顆手榴彈，拉開了保險，然後精準地扔進怪獸的嘴裏。

那怪獸還以爲是吃的東西，上下排尖利的巨齒猛力一咬合，也就在那個時候，手榴彈也炸響了。

「轟！」一聲巨響，在艙室中的人看得清楚，手榴彈爆炸時，怪獸的幾枚利牙和舌尖給炸飛了，鮮血噴射出來，不過對怪獸卻是一點也不致命，手榴彈爆炸給牠帶來的傷痛，卻是更加惹發了牠的狂暴！

怪獸瞄準了向牠扔手榴彈的鮑勃，伸掌猛力抓過來，船艙中人多擠在了一起，加上那怪獸腳爪巨大，又極爲迅速，他哪裡閃躲得開！

大家心想，這下完了！

就在這時，周宣「嗖」的一聲，快捷地跳到他身前，朝頭頂壓來的怪獸巨爪一揮手，怪獸巨爪頓時冒出一股火焰，傳來一陣焦臭！跟著，腳爪壓下來，帶著火焰焦臭，直接抓在了周宣的頭頂。

周宣在這時全力運起異化鋼鐵般的身體，那怪獸腳爪抓壓在他頭上後，便如一座山一般壓將下來，壓得周宣骨骼「喀喀喀」直響，幾欲斷折！

這主要還是周宣沒有了那麼強大的異能支撐，身體的鋼硬度自然也達不到最佳水準。周宣身上的所有異能都是需要能量支撐的，不過相對來說，除了飛行和眼睛裏的異能需要強大的能量支撐外，其他的異能還是要好得多，能量弱一些也能使用。

現在那怪獸的猛力抓壓之下，周宣便有些吃不消，張口就噴了一口鮮血，在這一擊之下，他還是受了傷，內臟受到了震傷。

不過，那怪獸也因為腳爪給周宣的高溫燒熔了一下，顯然也受了重傷，痛楚又淒厲地嚎叫一聲，轉身往沙灘上一躍，「刷」的一聲，腥風一捲，便落入了黑暗之中。

隔了數秒，才有一聲嚎叫傳來，再隔幾秒，聲音越來越遠，不到半分鐘，聲音便消失無蹤！

這還是因為周宣的能量不夠，支撐不了他超高溫的襲擊。而那怪獸顯然是經過外星物質改造過的，有一定的承受高低溫的能力，頭先用低溫對牠造成不了傷害，不過高溫顯然有效，只是自己沒有能力再運出後續的高溫來對付牠。

好在這怪獸受傷逃走了，要是牠再冒死來撲抓艙裏，那他們就麻煩了。

眾人不知周宣用了什麼暗器將怪獸腳爪燒得焦臭冒煙後就逃走了，而怪獸那驚天動地的一下撲抓，竟然也沒有把周宣抓死。

換了別的人，不被抓死也給壓死了，這一爪子下來，至少有數千斤重的巨大力量，看看艙壁上那又深又寬的大爪印裂縫就知道了，精鋼鐵壁都承受不了怪獸的一抓之力，但牠的猛力撲抓卻是沒能夠把周宣抓死。

這時候，眾人知道周宣當真是有極其奇特又深厚厲害的功夫了，好似是金鐘罩鐵布衫一類的硬功夫。聽聞中國的這門功夫極爲了不起，練到高深處，是刀槍不入的，看來周宣練的程度也不輕了！

周宣噴了一口鮮血後，頭暈眩了一陣，但怪獸逃跑了，那卻是幸事，如果怪獸知道他不能再施出太陽烈焰的異能，再對他抓撲一爪，那他就死定了。

周宣明白，那怪獸應該是被他嚇跑的！

而怪獸一逃，船艙裏的人才亂哄哄叫了起來，魏海洪趕緊從角落中爬起身來扶周宣，而鮑勃還有些發愣，從生到死，再由死到生走了這一圈，說實話，不發愣才怪。

一些保鏢和船員都到甲板上、船舷邊救治傷者。

這時，從船下面的沙灘上沿著軟梯爬回來幾十個人，守衛的大部分人都回來了，有的只是跳樓傷到了，傷勢並不重，行動是沒問題的，只是眾人都受到了驚嚇，搞不清楚這到底是什麼怪物！

怪物逃走了，但誰也不敢肯定這座島上就只有一頭怪物，如果再來一頭，那又怎麼辦？

鮑勃當即又指派人手看看還有沒有活著的人，把傷者救回來醫治，同時又加派守衛的人手，當然，其實不算是守衛，而是偵察，好防備怪獸再次襲來。

查理斯也趕緊過來，詢問周宣的傷勢，鮑勃接著回神過來，馬上吩咐醫護人員過來給周

宣醫治。

周宣當然可以用異能來恢復自己的傷勢，只是能量消耗太巨大，無法馬上用異能來恢復，即使用，時間也會慢許多，再說，他也不想在這些人面前做這種事。

醫護人員給周宣做了一陣檢查，然後才說道：

「鮑勃先生，周先生的傷勢並不是很嚴重，只是臟腑受了些震傷，不能運力行動，最好躺著多休息一下！」

醫護人員給周宣開了最好的藥品來醫治。這個時候，大家都明白，這整艘船上，只有周宣一個人才有與那怪獸爭鬥的能力，其他人就算拿了槍械在手，對那怪獸都沒有什麼威脅和影響力！

此時，大夥兒已把周宣當成了主心骨，聽到周宣的傷勢並不重，眾人才放下了心。魏海洪明白周宣有異能，當然是要比普通人強得多。

周宣也不客氣，自己的能力雖然能夠醫治傷勢，但現在能量損耗嚴重，又是夜晚，吸收不到太陽光。這次不像以前，這次消耗的能量太巨大，所以彌補不起來，只能在房間裏單獨運行呼吸打坐的功夫來恢復一些異能，等到天明再吸收太陽光。

不過，這島上的太陽光被阻隔削弱了，不夠強，能力得不到最佳的能量補給，如果能將能量罩破壞掉，讓太陽光恢復到原樣，那周宣就能恢復之前通天徹地的本領，就算不帶那些人飛行逃走，那也可以把船推到海水中，把船暗中送回到岸邊，救活這一船人。

周宣拿了藥，然後對鮑勃和查理斯說道：

「鮑勃先生，查理斯先生，我需要到單獨的房間裏休息一下，恢復恢復傷勢。否則，那怪獸再來的話，我也沒有辦法抵擋。當然，就算我恢復了，恐怕也不能完全擋住牠，只能盡人事聽天命了。我只是想，能擋則擋，總是要努力一下。再說，我們誰也不敢肯定，這座島上就只有這一頭怪獸吧？」

這個倒是真的，鮑勃等人誰不敢肯定，這座神秘的島上，誰知道還有多少危險的東西呢？

現在這個情形，這些危險實在不是他們能對付的，這些保鏢雖然凶悍，但卻不是怪獸的對手，只有周宣還能抵擋一下。雖然周宣也受傷了，但還是讓鮑勃等人看到希望，那怪獸至少還是懼怕周宣。

只是鮑勃等人也在懷疑，周宣剛剛用的什麼法術，難道是噴了什麼液態燒料之類的引燃物，讓怪獸受傷的？

不過，鮑勃和查理斯兩個人見到過周宣運用陰性能力和陽性能力來冰凍和燒烤酒的，喝過熱酒和冰凍的酒，知道周宣確實有那樣的能力。搞不好那怪獸就是真給周宣火性的陽性功夫給燒傷的，這一點還更能讓鮑勃相信。

周宣一說起要到單獨的房間休息，鮑勃和查理斯趕緊把一間小房間的門打開，讓周宣進去，周宣拉著魏海洪說道：「洪哥，你進來幫忙！」

魏海洪自然跟著周宣，當即進了房間，然後把門關上，因爲他知道周宣異能的秘密，所以很自動地關上了門。

周宣坐下運起功來，一邊恢復傷勢，一邊對魏海洪說道：

「洪哥，你不用擔心，我的傷勢其實不重，只是當時被那怪獸的大力壓傷了一點，三兩天便好，我現在就來恢復！」

魏海洪點了點頭，周宣的樣子看來確實傷得不是很重，其實就算傷勢再重一些，他也能完全復原過來，只是周宣顯然有些疲勞，跟以前的情形不大一樣，所以他有些擔心。

周宣又說道：「洪哥，你躺下好好睡一覺吧，把精神養好，只要你沒有什麼危險，我就會放心些。其他人，我能救則救，無所謂，只要能保護洪哥就行了，其他人就看機緣了。」

魏海洪當然不會強求周宣去救鮑勃等人，周宣已說得很明白，只要能力所及，他能救就會救，救不了也只能隨之而去，這已經是對得起鮑勃等人了。

這一次探險，似乎比以前跟周宣探險地下陰河洞時更加凶險，這個怪獸，到底是什麼東西呢？而這座島上，還會有多少這樣厲害的東西？

第一八五章

危機四伏

鮑勃等人一想到這件事，就不禁倒抽了一口涼氣，
那個怪獸給他們的恐懼，至今無法消除。
他們這些人，有哪個不是在危機四伏的環境中度過的？
但再怎麼危險，也沒有遇見過像現在這麼離譜的事。

周宣運起異能恢復著，又打坐練習呼吸，恢復著能量。

後來，外面的鮑勃和查理斯等人也沒有來叫醒周宣，顯然怪獸沒有再來襲擊。艙中也沒有響聲傳來，很安靜。

周宣探測到艙中，大部分人都沉沉睡去，只有少部分還在輾轉反側睡不著覺，又渴望逃出這個地方，又害怕擔心，恐懼的念頭越來越濃。

周宣因能量消耗得太嚴重，無法馬上恢復，但經過一陣子的休息後，已好受多了，又過了兩個多小時，恢復了一部分能量，瞧了瞧魏海洪，他已經睏得倒在毯子上睡著了。

周宣淡淡一笑，也躺下身子，睡著覺運功恢復。

十分鐘後，周宣便迷迷糊糊睡著了，只是異能還是照舊運行著，恢復著能力和傷勢。

一覺睡到天亮，周宣睜開眼，見魏海洪安靜地睡著覺，當即悄悄拿起毯子幫他蓋到身上，然後悄悄開門到了艙裏。

艙裏，絕大部分人也都在睡夢之中，只有少數人醒著，看到周宣出來，當即上前悄悄問他好些了沒有。

他們會這麼問，當然是關心周宣的傷勢，因爲周宣的傷勢關係到他們的安危，如果周宣傷勢太重，萬一再遇到怪獸來襲，那又怎麼抵擋？

昨晚上的事，太令他們驚懼了！這些保鏢們常常經歷生死險境，但卻從來沒有遇見過像現在的情形，這個怪獸到底是什麼東西？

史前巨獸？或者真是如科幻電影中所描述的，是被核子試驗所造出來的怪獸？但無論是哪一種，他們都很恐懼，似乎有一種說不出道不盡的絕望念頭！

百餘人當中，只有周宣一個人才明白，這個島，絕不是一個普通的地方，而且估計在地球版圖上肯定找不到，因爲島上的能量罩可能阻止了外界與這裏的聯繫，有可能在外面根本就看不到！

當時他在海面上就沒有看到有什麼島嶼出現，所以周宣想到，這個島肯定是被能量罩阻隔了他的視線，任何的雷達探測波也無法探測到。

而這個島嶼上的野獸，也絕不是自然野生的，更不可能是遠古遺留下來的猛獸，應該是人爲的，也許是外星系的外星生命所爲吧。

不過，周宣雖然驚疑莫名，心裏還是有一點點信心，因爲對付外星生命物種或者它們改造過的物種以及物質，別的異能沒有用處，只有太陽烈焰可以對付。

只是，在這個島上，太陽被阻隔了，能量大大減弱，周宣的太陽烈焰能量無法支持他維持超高溫，所以對付外星體還是不夠分量，但也不是全無所用，至少那個怪獸很懼怕他的太陽烈焰。

如果正常的太陽光被周宣吸收到，他就能一舉將那怪獸熔化掉。

當然，如果能量足夠的話，周宣同樣也會擁有飛行和眼睛射線的超強功能，比太陽烈焰更實用，而且，能量足夠的話，周宣又有超硬的身體，即使那怪獸再兇猛，也傷不了他半分。

但眼前的事實無情地打破了周宣的想法，他現在根本就出不了也打破不了這個島的能量罩。

周宣心裏總是糾結在這上面，又不知道該怎麼跟鮑勃這些人說。

怪獸抓破的地方，一片狼籍。爲了防備大風大浪的侵蝕，遊輪在設計製造時，艙壁一般都會用精鋼打製，堅硬度極強。但現在，艙壁都破得不成樣兒了，彷彿不是精鋼打造的，而是紙糊的一般。

這個巨大的怪獸，他們沒有一個人能對付，鮑勃甚至是用手榴彈都炸不死，反而險些被牠弄死，若不是周宣冒死救了他，鮑勃肯定就死定了。

鮑勃對周宣打心裏感激他的救命之恩，這時見到周宣出來後，當即問道：

「周，你的傷，好些了沒有？」

周宣點點道：「沒事了，一點皮外傷，不礙事，就是爲了那怪獸的事而憂心。我從來沒見過這麼大的猛獸，看牠的外形，好像是虎獅一類的猛獸，外形極像，只是個頭變大了無數倍。」

鮑勃等人一想到這件事，就不禁倒抽了一口涼氣，那個怪獸給他們的恐懼，至今無法消除。

他們這些人，有哪個不是在危機四伏、掉腦袋是常事的環境中度過的？但再怎麼危險，再怎麼恐懼，也沒有遇見過像現在這麼離譜的事，有誰見到過身高十五六米，比三層樓房都還要高的猛獸？

把死者抬到沙灘上，撿了些柴過來堆在屍體上，然後點火焚燒了，也算是給他們盡了一份心。

死者一共是二十七人，全部是被巨獸抓死的，其中船員有二十五人，保鏢二人，看來有戰鬥經驗的保鏢們對自己的保護還是要強得多。

受傷的人有十九人，有七人是重傷，十二人輕傷，差不多都是從遊輪上面往下跳後，摔傷和踩踏傷的。

船上有醫療人員，兩名醫生和三個醫護助手早已經在給他們治療傷情。

周宣當即對他們說道：

「我學過中醫，也來幫忙吧！」

周宣的身手能力超強，這是他們都親眼見到的，對付猛獸，看來也只有周宣才有作用，

但如果說是治傷的話，也許他就差多了。中醫一向不被鮑勃這些外國人看好，有很多人甚至還沒有聽說過。

周宣當然不是真懂中國醫術，而是加入醫護人員的陣容，去幫那些傷者包紮，塗抹消毒藥水。而他在包紮的時候，便用異能改善了他們的傷勢，只是太陽光能弱了，不敢盡全力，只把重傷的恢復到沒有生命危險的地步，輕傷的人就算了，由得他們自己慢慢恢復就行了。

把死者及傷者全部處理完後，鮑勃又把查理斯、魏海洪、周宣以及幾個主要保鏢集中到一起，來商量如何應對目前的困境。

「現在的情勢，大家也看到了，不用我再多說，我想大家都明白，這個島上不知道還有多少危險隱藏著，我想，如果要想安全的話，只有離開這座島嶼才行。

只是我們的船擱淺了，如果以人力來推動的話，照現在這個樣子，僅僅憑現在一百二十多個人的力量，肯定是沒有辦法把船推回到海裏的。

唯一的希望，就是乘坐遊輪上的三艘救生艇到外海，離開周先生所說的島嶼防護罩的範圍之後，才能夠與外界聯繫，找來救兵，用大船拖回我們的遊輪。」

鮑勃盯著眾人，凝神說了起來，然後又看著大家，看大家有沒有什麼好的辦法。

周宣始終沉吟著，魏海洪沒有說話，他知道，如果連周宣都不能解決的話，他說什麼有什麼用？別人說的也不會有用，只有他才知道周宣的能力。

查理斯想了想便說道：

「我就有一個問題，這三艘救生艇，每一艘最多只能坐七個人，三七二十一，我們一共有一百二十五個人，三艘遊艇只能坐二十一個人，還剩下一百零四個人，要怎麼辦？哪二十一個人可以乘救生艇出去？」

查理斯的話一說，眾人都沉默下來。

這麼危險的地方，又有誰不想先出去呢？即使坐救生艇出去，那生機依然渺茫。因爲救生艇全得靠人力來划，在茫茫大海中，用人力能划得了多遠？而且，就算救生艇是機器發動的，這麼小型的救生艇，汽油也維持不了多久，唯一可靠的就是衛星電話。

但他們都已想到，也許衛星電話也失去了效用。因爲現在船上所有的儀器都失去了效用，所以他們也不敢肯定，衛星電話還能不能使用。

如果衛星電話無效的話，那他們就只能漂流在海面上等死了。或者說，只能等機會碰到路過的船隻了，但這個機會，就跟大海撈針一樣渺茫。

但是在這種時候，眾人已被那怪獸嚇破了膽，即使有可能在海上渴死餓死，或是被風浪淹沒，在海裏餵魚，都不想留在這兒。

其中一名保鏢首領就說道：

「我想這樣吧，鮑勃先生，查理斯先生，魏先生，周先生，再加上我們五個保全隊長，除掉我們九個人後，還剩下十二個人選，由船上所有人來抽籤，誰抽中走就可以離開，抽中留下的就暫時先留下。鮑勃先生，你看這樣可以嗎？」

鮑勃沉吟起來，這個保鏢提的建議，他當然覺得是可行的，要逃命，當然得先讓他們幾個老闆先走，這是天經地義的事。

不過，周宣馬上就否決了，淡淡地說道：

「我覺得不可，第一，你們根本就沒有想到這個能量防護罩的可怕之處，我想，我們是不可能穿過它的防護罩的。這片海域，無論你怎麼樣都出不去，別說是用手划的，就算是機動快速的遊艇，也沒辦法出得去。

第二，來到了這個地方，在危險環境中，就根本沒有什麼貴賤之分，人人平等，沒有什麼高下之分，誰都不想去死，所以，我覺得根本就不要去搞什麼抽籤，反而自亂陣腳，亂了人心，不如安排一些人手去試探一下，看看能不能衝破能量防護罩的範圍。」

周宣的話，頓時如一盆涼水潑到眾人頭上，大家都沉默下來。想想也是，如果是別人說的，也許他們還會反對一番，但是周宣說的話，自然就深信不疑了。

現在，沒有一個人敢去得罪周宣，那怪獸只有他一個人還能勉強對付，其他人在怪獸面前，就只有送死的份，只有跟著周宣，才有可能保得住性命，所以周宣說要怎麼樣，所有人估計都會跟著他。

鮑勃沉吟了一下，然後又問周宣：

「那周先生，你看看該怎麼辦？」

周宣想了想，然後說道：

「我也沒有什麼好辦法，只是建議一下，我們可以選出乘救生艇出去探測的人員，但不必都去，我覺得這個島沒那麼簡單，既然把我們弄了進來，估計不會那麼輕易讓我們出去。我也想到了，出去的人也只是探探路，我估計有九成可能出不去，你們可以考慮考慮。誰出去都可以。只要別自亂陣腳，別搞窩裏鬥就好。其實大家的機會都是均等的。」

鮑勃想了想，說道：「那好，我提議，我們四個老闆，就由其中兩個人出去，兩個人留下來，剩下的一百二十一人，就全部由抽籤來決定吧。」

想了想，鮑勃又問周宣：「周，你說，如果，我是說，如果出去的人找到了出路，可以逃出這個島的話，那出去的人會回來救剩下的人嗎？」

周宣淡淡道：「我想應該會吧，人為財死，鳥為食亡，我們開出超過他們想像的報酬數字，留下來的應該占大半，再說，如果我出去的話，只要找到出路，我肯定會回來帶你們走的！」

聽到周宣的話，鮑勃和查理斯都相信周宣的話，他們相信周宣的能力，也相信他是一個

能說到做到的人，不過別的人，可就不敢保證了。

鮑勃想了想，說道：

「好，不用想了，我提議周先生去吧，由周先生帶隊，再挑二十個人，分三個方向出去探尋出路，如果找到出路的話，我想以周先生的信譽，我絕對信得過他會回來的！」

鮑勃這樣一說，查理斯和幾個保鏢也都表示贊成。

「行，我覺得周先生去的話最合適，再說，周先生不是說過了嗎，即使出去探尋出路，也有九成把握找不到的，所以我覺得，周先生出去帶隊找出路最合適！」

周宣自己當然很想去，因為他知道，如果到了能量罩的邊緣處，只有他用異能去碰觸才會弄明白。

但是，他一個人去的話，又擔心魏海洪的安危，如果魏海洪留在船上，那猛獸又來襲擊的話，他們又怎麼能阻擋得了？

猶豫了一陣，周宣才說道：「我去是可以，但是……」

魏海洪看到周宣看了他一眼，就知道周宣是什麼意思了，周宣是不放心他，當即笑了笑說道：「兄弟，你去吧，我也不是小孩子。還有，你不是說了嗎，即使去探尋出路，恐怕也是白忙一場，能不能找到出路，誰也沒有那個把握！」

見魏海洪自己都那麼說了，周宣也就點了點頭，然後回答：

「也好，洪哥，我盡力吧，如果能出去，我會回來把你們都帶出去的；如果找不到，我也會儘早回來。你們一切要小心，現在是白天，光線要好得多，你們就分班守護，把重武器集中起來。白天的視線好，只要看到那怪獸，就趕快用重武器開槍對付，只要那猛獸有疼痛感，隔得遠的話，我想牠是不會輕易過來的。而且，牠還有些忌憚我給牠的傷害，應該不會輕易就過來襲擊。如果真的會來的話，我猜還是會選在晚上的時間吧！」

周宣確實是這麼想的，估計那怪獸即使要出來襲擊，也會選擇在晚上，他跟去尋找出路，也會盡力在天黑之前趕回來，不會離得太遠！

周宣的意見讓他們所有人沒有異議了，就選了二十個人，加上他，一共二十一人。鮑勃、查理斯、魏海洪，三個老闆都沒有出去，讓所有人都放下心來。這樣就不怕周宣出去後就不回來了。

人選的事就這麼決定了，選定的保鏢們，是身手最強的那一批，因爲划船也是要靠體力的，只有身手最強的人才有那個體力支撐住。

周宣又囑咐鮑勃和查理斯以及魏海洪三個人，要他們將人手集中在一起，全方位的監控，只要見到怪獸出現的話，就用重武器對付，保鏢中有槍法極好的人，可以用狙擊槍來射擊那怪獸的眼睛等要害部位，看看能不能對怪獸造成威脅，讓牠不敢靠前來。

周宣跟魏海洪擁抱了一下，然後坐到救生艇上，船上的人當即操動著滑輪，將救生艇放下海去，三艘救生艇一放入水中，救生艇上的人就立刻拿起船槳，向遠處划去。

這個島邊的海水很平靜，周宣用異能探測著海水中的深度和寬度，這一帶的水深並不深，才三十多米，不過越往外，深度就越高，海灘五十米以外的海水處，深度就超過了周宣能探測到的極限，也就是兩百米的深度。

當然，這只是周宣現在的能力所能探測到的程度，要是太陽光能恢復到正常情況下，周宣吸收能量一恢復，他的能力就變成了無限，海水深度自然就沒有他探測不到的了。

三艘救生艇沿著一字排開，周宣沒有讓救生艇單獨各自探測一方，因爲在能量罩的防護之下，無論哪一方都是一樣的，不如就在一起，還有一個照應，如果有什麼怪獸又潛入海中，恐怕除了他，其他人是沒有辦法應付的。

海水出奇的平靜，周宣卻有些不安的感覺，不過異能在兩百米的範圍以內又探測不到什麼，也探測不到海島外的能量罩的邊緣。

一個小時後，小艇划出了近一千米的距離，周宣依然沒有探測到能量罩的位置，只能再繼續向前划。

周宣估計著時間，在日頭當頂之前，無論他們划到了哪個位置，即使沒有探測到能量罩的邊緣，他們也只能回去，否則超過一半的時間後，他們就沒辦法在天黑前趕回海岸邊了！

再划了一個小時後，周宣的異能始終探測不到能量罩的存在，也就是說，探測不到它的邊緣，對於能量罩的存在，周宣相信它不會籠罩到島外很遠的地方。

但按照他們現在划出去的距離，至少就有幾公里了，卻還是沒有碰到邊際，頭頂上的太陽還是微紅色的，就跟早上初升的太陽差不多，太陽光很微弱，沒有力度，這也讓他恢復不了能量的最佳狀態，飛不起來，眼睛光線射不出去，對能量罩產生不了威脅。

看著太陽還沒到頂，斜斜的，應該還只有十點鐘左右，還可以再划一段時間，只要在十二點以前返回，就能在天黑前回到岸邊，否則到晚上才回去，也許就容易遭受到那怪獸的襲擊。

關鍵的是，他們誰也不知道還沒有別的怪獸，以及怪獸會有多少數量，要是同時來個幾隻，或者幾十隻，那就有致命威脅了。

又再划了一個小時，快一一點，太陽也快當頂了，還是沒有探測到能量罩的邊緣，不過奇怪的是，周宣回頭望著岸邊的時候卻發現，岸邊與他們的距離好像始終都是那麼遠。

周宣心裏一動，當即停了手，手一揮，把橡皮艇上的人都叫停了，其他兩艘橡皮艇都相隔只有十來米遠，看到他們停下後，另兩艘橡皮艇上的人也都停了下來。

二十來個人都不知道周宣是什麼意思，盡皆望著他。

周宣運起目力瞧著岸邊，好一陣子，然後才問著身邊的人：

「你們說，我們這兒離岸上大概有多遠？」

另兩艘橡皮艇上的人在周宣這艘救生艇停下來後，也趕緊划了過來。聽到周宣的話後，眾人一起望著岸邊，仔細審視了一陣後，紛紛說了起來，大體上的距離都是估計在一公里左右，包括周宣自己的看法也是差不多的。

周宣凝神想了一下，然後問道：

「那你們想一想，我們都差不多划了四個多小時，怎麼可能才只划了一公里遠？」

眾人也都是一愣，紛紛想了起來，的確是啊，他們划的船速並不慢，一個小時划的路程，肯定不只一公里，七個壯男沒有停歇地划著，四個多小時後，怎麼可能還只有一公里遠近？

他們想不通，但周宣卻是有所頓悟，想了想，再用異能探測了一下水域，海底的深度遠遠不止兩百米深，是肯定探不到的，但這海水有點奇怪的感覺，雖然風平浪靜的，但海水給周宣有一種玄奇迷離的感覺。

不像是真的，就好像是在看鏡中花水中月的感覺，如果是普通人，當然不會有這種感覺，但周宣的異能不同於肉眼，任何異樣都躲不過異能的探測。

起先周宣並沒有很注意，但現在細想起來，就發現這片海域大有玄機，他感覺到，在這片海域中，無論他們怎麼划，都無法穿越出這片海域。

這讓周宣猜測到，這一帶，實際上就是他想要找的能量罩。因爲能量罩的作用，所以這片海域變成了不可跨越的地區，當然，天空上也是一樣的，在能量罩的範圍之中，作用都是一樣的。

周宣現在能感覺到，但卻是衝不出去，以他現在的能力，只要往能量罩裏衝，就像衝入一片激流漩渦中一般，無法脫身，也無法穿越，說到底，還是因爲自己的能量不足。

但又有什麼辦法呢？在這個島內，他得不到足夠能量的太陽光，吸收不到那麼強的能量，沒有飛行能力，沒有超強的能量，他衝不出去，但矛盾的是，他也只有衝出這個能量罩以外，才能得到正常的太陽光！

試了一陣，周宣確定自己沒有辦法衝出去，也打不破能量罩的禁制，想了想，便道：

「馬上回去，抓緊時間，今天是出不去了，先趕緊回去和大家會合，在天黑前與大家聚在一起，再商量防備怪獸的襲擊！」

聽到周宣說沒有辦法出去，二十個壯漢心都涼了，但望望無際的海洋，又能有什麼辦法呢？當真是叫天天不應，叫地地不靈了。

在這麼一個神秘的孤島上，船離不開，所有通訊儀器都無法啓動使用，島上似乎有一種神秘的能量在限制著他們，那遊輪本身就有一半擱淺在岸上，別說沒辦法把遊輪拖下海，就算能拖下海，這片海域風平浪靜，船又沒法啓動動力，仍然沒辦法離開，這艘大遊輪，又不可能用船槳來划。

周宣不再猶豫，揮揮手讓他們趕緊划船往回趕，得在天黑前趕緊回去。

奇怪的是，回去的行程倒是很快，這讓周宣更加確定，那一帶，就是能量罩的防護帶，所以無論他們怎麼划，都始終處在那個範圍中。但是回去時，一離開能量罩的地帶，他們就恢復了正常。

實際上，那兒到海岸的距離本身只有一公里多，所以划起來，才半個小時就明顯地看到距離近了，再划半個小時，已經近到只有一百來米了，遊輪上的人在揮手示意著。

周宣看到在甲板舷邊上，魏海洪、鮑勃和查理斯幾個人都在看著他們，尤其是鮑勃和查理斯，很有些望眼欲穿的感覺。

此時，可能只有一點鐘左右，太陽剛剛穿頂而過之時，時間也還早。

橡皮艇划到遊輪邊上，把救生艇上的繩索綁到遊輪上的鉤子上，把橡皮艇固定起來後，再沿著繩梯爬上遊輪。

二十一個人整整划了五個多小時，帶的水也早喝光了，鮑勃趕緊命人把飲食搬到甲板上，讓出去探測的人吃喝，等到眾人吃飽喝足後，鮑勃才向周宣問了起來。

「周先生，你們去的這幾個小時，有什麼收穫沒有？」

周宣回答道：「可以說有，也可以說沒有！」

其他二十個跟周宣一起出去的人，卻是沒有一個知道內情。對他們來說，是一點收穫都沒有，只不過是出去跟著周宣划了一趟船而已，什麼都沒看到，什麼都沒辦到，有什麼收穫？

鮑勃當然不這麼想，問著周宣：

「那……到底是有還是沒有啊？」

鮑勃很是著急，周宣的話太難猜測了。

周宣苦笑了笑，然後回答道：

「有收穫的是，我的確找到了這個島的能量防護罩，區域並不遠，實際上，離海島只有一公里遠左右，以環形從天空到海底包圍著，以我們划船的速度，實際上只需要一個小時，也許不用，就能划到那片區域。但事實上，我們划到那兒後，又再划了三個小時多，居然離岸邊還是只有一公里的遠近，而我們始終就在那個區域間划著橡皮艇，卻是沒有再前進到一絲半毫，我們沒有能力越過這條看不見又摸不著的神秘能量線！所以可以說沒有任何收穫。」

聽到周宣這麼說，鮑勃頓時愣了起來，好一陣子才問道：

「那……那豈不就是說，我們只能在這島上生活了，還有可能一直到死？」

周宣雙手一攤，苦笑道：「不是嗎？就是啊，看樣子，我們很難逃離開這個能量罩，沒有辦法，所以趕緊回來，還是得在這個島上做長期生活的準備了！」

鮑勃心都涼了，呆了一陣，再瞧瞧其他人，也幾乎都跟他一樣，呆愣了一陣後，又有些不相信的味道。

周宣不再去考慮他們的感受，不用說，他們肯定不會死心，還是每天都會出去探路尋找，這個也由得他們了。

不過周宣已在考慮，得找一個安全的地方，準備進行長期生活的打算。

事實上，這艘遊輪根本就阻擋不了那怪獸的襲擊。如果不離開這艘遊輪，那頭怪獸要是再來的話，也許遲早會發現，周宣的能力對牠雖然有極大傷害，卻是很難致命，因爲轉化異能對付不了牠，冰氣異能也對付不了牠，只有太陽烈焰有一些效用，但太陽烈焰也受到能量供應的限制，對付那個龐大的怪獸，顯然有些力有不逮。

第一八六章

外星生命

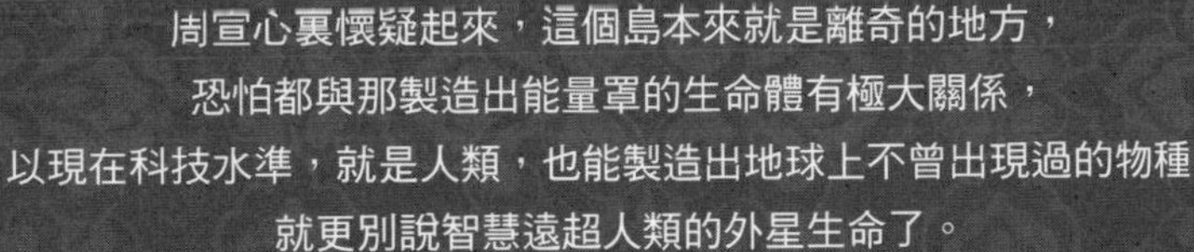
周宣心裏懷疑起來，這個島本來就是離奇的地方，
恐怕都與那製造出能量罩的生命體有極大關係，
以現在科技水準，就是人類，也能製造出地球上不曾出現過的物種，
就更別說智慧遠超人類的外星生命了。

說完那些話後，周宣就一直皺著眉頭，望著遊輪外，望著那茂密又延綿起伏的山林。

那些叢林裏面不知隱藏了多少危險，多少秘密，看著茫茫的叢林邊際，至少有幾平方公里，而這還只是目測估計，實際的面積還不確定。

鮑勃和查理斯、魏海洪幾個人在周宣他們離開的這段時間中，已經調集人手，把遊輪上的所有武器都弄出來，把遊輪防護起來，也把剩下的一百二十五人分成了三個組，一個組四十多個人。

白天的防護要輕鬆一些，又安排了二十名人手出去打獵，到林子裏面抓些動物回來補充食物和淡水。

這個島上有動物，就表示肯定有水源存在，而遊輪上的淡水和食物，也只夠維持一個星期左右了，所以得趕緊補充水源和食物。

鮑勃見周宣沉思著，自己也瞧了瞧林子那邊，派出去的人是差不多跟周宣他們同一個時間出發的，但到現在還沒回來，也不知道吉凶如何，而且也沒有聽到槍響，從望遠鏡裏也看不到有任何的蹤跡。

鮑勃和查理斯經常從事探險冒險的事，在叢林中與在海上，那是絕不相同的，在海上，哪怕是用手划，也是遠比在叢林中穿行要快。像這般的原始森林中，一個小時也許穿不過一百米的距離。

這種人跡罕至的孤島上，是有無數未知危險存在的，荊棘密佈，寸步難行不說，還有許多的毒蟲蛇獸，更何況，還有那個昨晚露過面的龐大怪獸，而且，沒有哪一個人覺得，這個島上就只有那一隻怪獸！

周宣正想問一下，是不是應該考慮到岸上找一處洞穴之類的地方住下來，因爲在山林中的岩洞裏，只要尋到地勢好，洞口合適的地方，就可以抵抗怪獸。

在這艘遊輪上，是抵抗不了怪獸的。昨晚那怪獸只不過是給周宣的太陽烈焰嚇到了，也受了一些傷，心裏有些畏懼，要是橫下心來與周宣鬥個你死我活，那周宣就肯定敗下來了。他對怪獸的傷害，也只能到那個境地了，而怪獸對他的傷害，卻還可以加劇，高下已分。

所以，如果一定要堅持待在這艘遊輪上，恐怕是擋不了怪獸的襲擊，在破解能量罩之前，唯一能保命的法子，就只有到島上去找一個可以藏身的洞窟了。

不過，周宣正要開口問的時候，岸上那一片密林中，忽然傳來一陣槍聲，槍聲緊密，聽來是無數支槍在同時掃射，而不是一兩支槍在響的聲音。

周宣叫道：「糟了！」

不用周宣說，其他人也都明白，鮑勃派出去的人，肯定是遇到危險了。

如果是發現獵物目標，肯定是一聲或者幾聲的槍響，而不是一大片這麼猛烈又密集的槍聲。可以肯定，那些派出去的人是遇到了危險，否則不會在同一時間開槍掃射。

那些人都是有經驗的好手，也是鮑勃挑出來身手最強的十幾個人，身手和槍法都是最好的，就算是遇到雄獅猛虎等野獸，他們也不會如此猛烈開槍，他們槍法精準，又怎麼會如此慌亂？

鮑勃臉色也很難看，從保鏢手中取過望遠鏡觀察著，那片密林中，從高大茂盛的林木頂端驚飛起無數的鳥兒，漫天飛動。

只是望遠鏡看不到林子裏面，不知道裏面發生了什麼情形。

其實那片林子與遊輪距離不過里許，但這個島嶼顯然沒有那麼好走，即使是極快速的行走，拿著利刀在前邊砍掉阻礙物，起碼也需要幾個小時才能達到，可不是像肉眼一般，輕鬆地就能到達那個地方。

周宣也沒有辦法探測到這麼遠，不知道那些人遇到了什麼情況，異能不能恢復到原樣的時候，他根本就沒有能力看到林子裏面。

周宣想了想，又瞧了瞧天上，然後對鮑勃說道：

「鮑勃先生，我想他們肯定是遇到了危險，不如我帶幾個人過去看看，也許還能救他們回來，順便探探岸上叢林裏的情況！」

周宣問後，鮑勃和查理斯發著愣，好一陣子才醒悟過來，望著那片叢林，不知道該怎麼說，他派出去的手下肯定是遇到了危險，但這種危險只能靠他們自己解決，再派人過去的話，說不定只是增添死難者。

而那些他們派出去的人，能逃得掉的就會逃回來，逃不掉的，周宣這些援兵就算過去，也解救不了。如果對手是那頭巨大無比的怪獸，即使周宣去的話，只怕也沒有能力把他們救回來吧？

但鮑勃瞧周宣臉上的表情很堅定，看得出他是真想去那邊救援。不過他想不到，周宣想過去的真正目的，是想找到一個合適的山洞，讓所有人進去避險。

「你……已經出現了這種情況，再派人過去，只怕也救不了人吧？」鮑勃當即回答著，這遠水救不了近火的事，誰都明白。

周宣索性跟他實話實說：

「鮑勃先生，我想我應該提醒你們，現在的情況，在遊輪上是最危險的，如果我們不到島上找一個安全的地方，諸如山洞什麼的，我們就會全部死在怪獸的爪下。只有到島上去找一個可以阻擋住怪獸的地方，讓牠逮不到我們才行。牠的優勢是牠的體型龐大，我們很難對付，但牠的弱點，同樣也是牠的體型太龐大了，只要我們找一個比牠身體小的山洞，牠就無能為力了，而且，我們現在也不是一天兩天就可以離開的了，也許，這一輩子都離不開這座島嶼了吧。」

鮑勃和查理斯對周宣的話有些不願意承認，但對周宣的分析，卻又讓他們不得不接受，周宣說也許這輩子都離不開這座島嶼，讓他們全都驚訝起來！

儘管他們都是喜歡探險的人，但探險之餘，還是覺得那個紅塵滾滾的世界更有吸引力，畢竟那裏才有名利財富，才有美女環繞，人生一世，自然離不開金錢與美女。

周宣回頭對船上的人員問道：

「你們有哪些人願意跟我下船去，尋找能避身的地方？」

大部分人沒有發出聲音，出去的那二十個人多半是有去無回了，顯然那個叢林中實在是太危險了，誰都不願意去。

周宣淡淡掃了大家一眼，等待著有人回答。

魏海洪首先第一個站了出來，大聲說道：

「兄弟，我跟你去！」

接下來，那個曾經跟周宣起衝突，又被周宣狠狠教訓過的絡腮鬍路易士，端著兩支半自動步槍大踏步上前，也說道：

「周先生，我跟你去！」

有了兩個人出頭，頓時便有十來個人站了出來，都是身手很強的保鏢，而不是那些船員。

周宣點了點頭，有這些人跟他在一起，那更好，畢竟多幾個人，心裏總是舒服一些。再說，出去雖然凶險，但在他看來，在這遊輪上待著，並不比外面更好一些，現在這艘遊輪毫無疑問的，已經成了一個明顯的目標。

鮑勃呆了一陣，忽然也持了條槍走出來，說道：

「也好，我也跟你去，查理斯留守船上吧。」

查理斯愣了一下，本來他確實不願意下船去冒險，但看到鮑勃忽然間也站出來，要跟著周宣去，這才想到，如果連鮑勃都去的話，那留在船上也不一定就是好事，說不定更危險，之前在船上最危險的那一刹那，還不是因爲有周宣在！

要是當時沒有周宣，那頭怪獸早殺了鮑勃，也許已經把船和船上的人全部都廝殺殆盡，哪裡還等得到現在？

而周宣離開遊輪後，如果那怪獸再次來襲擊，又有誰能抵擋得住？跟著周宣出去的話，就算再危險，還有周宣可以抵擋，比在船上無人能擋那怪獸卻是要好得多。

留在船上，只不過是眾人對遊輪的依賴，而此刻，這艘船只怕已經擋不住那怪獸的襲擊了。

查理斯當即便想開口，說也要一起下船跟著去，但鮑勃立即說道：

「我們去尋找藏身之所，你們還是繼續留守船上，雖然船被怪獸破壞了一些設施，但船

身還是完好的，船上又有那些重型武器，我們如果要離開這裡，回去原來的世界，也終究還是需要船隻的，只等機會的來臨，所以你們還是要好好地守住船！」

周宣也點點頭道：

「我們一是要到叢林中尋找能藏身的地方，二是要救援那些遇難的兄弟。只要能救，還是要救的，在這個孤島上生存，人力是很重要的，所以我們得像一家人一樣互相幫忙，損失一個人就少一個人了。還有，鮑勃先生說得對，這艘船是我們離開這兒唯一的希望，一定要看顧好，如果有機會能逃出這個地方，誰也不想留在這兒等死，是不是?!」

這一陣子，又有二三十個人站出來，到了周宣身後。

周宣只能擺擺手道：

「好了好了，留守在船上的人要多一些，守船是最重要的，出去探險尋找出路的人不需要那麼多，畢竟島上也有風險，還有，去的人，每個人都背兩個水袋，多帶點子彈防身……出發吧！」

一聲令下，路易士當頭，一行人往海岸上的叢林裏走去。

到了林子裏面時，前面有人踩踏的痕跡十分明顯，路易士直接跟著這些痕跡前行。

周宣讓魏海洪緊跟在他身邊，別離太遠，而鮑勃也機靈得很，不用說，跟魏海洪並排走在一起，跟在周宣身後。

他明白得很，只有緊跟著周宣，才是最保險的事；而周宣又最在意魏海洪，只要他隨時跟魏海洪待在一起，要是有危險，自然是他們兩個人一起，周宣不會見死不救的。

一行人前前後後，一共是四十二個人，船上還有八十二個人，只比他們多了一倍都不到。

周宣把異能運到極致，微弱的太陽光雖然不夠他吸收足夠的能量，但也不是完全沒有好處，還是能吸收到一部分，比他晚上休息呼吸來恢復功力還是要強一些。

就算有損耗，微弱的太陽光能還是彌補了這些損耗，使周宣的探測距離，稍稍超出了兩百米以外。

當然，周宣不會隨便損耗異能，要留著保存實力，用來對付那怪獸，重點是還不知道到底會有多少隻怪獸，要是同時出現兩隻，那麼周宣就只能認命了。

不過又想到，一山不容二虎，通常一隻老虎的地盤，都不會低於五六公里，有些甚至更多，而這座島嶼，以一隻老虎都能盤踞稱雄的範圍，更何況還有那麼大一隻龐然大物？

如果有那麼大的怪獸，那牠的生存所需就是一個問題了，這座島上肯定還有其他動物，用以形成食物鏈，否則那麼龐大的怪獸是無法生存的，牠每天所需的食物，就不是一個小數目。

但周宣又想到，既然這座島有奇特的能量罩存在，那就可能有不可思議的能力存在，也許這座島十分寬大，只是他的目力看不到，或許遠超他的想像，只是被奇異的能力控制著，別的物種或者科技都無法探測到而已！

絡腮鬍抽出腰間的大砍刀，左手持槍，右手持刀，背上還背了一支槍，腰間儘是子彈帶，樣子很彪悍，右手持刀時不時砍著擋路的荊棘，因爲之前他們的同伴早已把路劈得可以容人通過了，所以他們的速度倒是不慢，比第一批人快得多。

大約在叢林中走了一個小時，倒是沒有遇到什麼怪獸，而且連小的動物都沒遇到過，這倒有些奇怪了，一上岸的時候，他們還遇到兩隻野豬，給他們打來加了菜，但自從出現過那隻龐然大物後，一直到現在，眾人都在想，連小的野獸都沒有，那大怪獸要如何生存？牠吃的是什麼？想想牠的體型，就知道牠每天的食量該有多大了！

周宣一直運著異能探測著，這一個多小時，也沒有探測到什麼異常，當然，沒有異常對他來講，就是異常，在這樣的原始森林中，只可能是步步危機，哪有可能穿行一個小時都沒有發現半點不妥的情況？

就在猜測間，周宣忽然低聲叫道：

「路易士，停下！」

四十多個人的距離並不遠，加上周宣走在人群中間，距離最前面的路易士只有七八米。

路易士一聽到周宣的喊叫聲，趕緊停下來，回頭一望周宣，見他神色凝重，心裏也是一顫，立即端著槍往左右和前方掃視著，觀察著。

叢林密佈，目光其實是看不遠的，只有周宣的異能探測才能看到比較遠的地方，探測到兩百米以外。剛剛周宣探測到左前方兩百米以外，隱約有一個同伴受了傷，躲在一株大樹後，很是驚恐，端著槍緊盯著前方。

周宣一聲喊，路易士停下來，所有人也跟著停了下來，人人臉上都有些緊張，一起盯著周宣。

周宣低聲說道：「路易士，小心些，左前方有一個同伴受了傷，躲在一株大樹後，最好能用什麼方法通知他，否則被當成敵手就不好了，他此刻可是驚恐到了極點！」

路易士小心謹慎的往後退縮了好幾步，離周宣近了些，然後低聲問著周宣：

「周先生，我有辦法！」

說完，路易士就豎起食指橫在嘴上，然後用力一吹，一聲尖利的口哨傳出去，一下子傳出了很遠。不過樹立著的山峰倒是不多，所以山坡上沒有回聲。

過了幾秒鐘，對面左前方也傳來一聲口哨聲，路易士喜道：「成了！」

眾人都看不到，但是周宣卻明白，他的異能一直在嚴密的探測著，那個受傷的同伴聽到

這一聲尖哨後，頓時喜形於色，也是豎起食指在嘴上一吹，同樣發出一聲口哨來。

路易士對周宣說道：

「周先生，他有回應了，這人應該是在特種部隊中待過的，所以懂得這種口哨聲，我再問問他！」

說完，路易士又吹了幾聲，有長有短，顯然各有含意。

幾秒鐘後，左前方那個人也是連連吹了好幾下長短有別的口哨，只是不知道這些長短聲表示什麼意思。

路易士停了下來，然後對周宣說道：

「周先生，這個人是我的同伴，名字叫做法斯，是海豹突擊隊的，身手很強，我曾經與他們的部隊配合過，出過任務，跟法斯很熟，退伍後，我們也經常去應徵傭兵工作！」

路易士又吹了幾下口哨，與法斯聯繫好，然後從叢林中穿行過去，手腳極是輕盈。因爲一不小心驚動法斯的話，只怕會引起他的慌亂，像他在這種危險環境中待了這麼長的時間，情緒早已經緊繃到極致了，稍有不慎就會引起失手。

路易士一邊吹著口哨，一邊往前彎腰穿行，周宣又探測著法斯那裡，那法斯當真是槍口緊緊地對著自己這些人的方向。

只是周宣只探測到他一個人，沒有探測到另外的人，四周在他能探測到的範圍中，也沒有別人的屍體，看來很是蹊蹺。

路易士快接近了，口哨聲也輕了許多，估計著距離只有五六米了，步子也慢了下來，雖然只隔了五六米，但中間儘是高大的樹木，看不到前面。

再走了幾步，穿過這幾棵樹，路易士便見到了持槍緊對著他的法斯，當即緩緩抬手打了一個手勢，示意安全。

法斯看到路易士現身後，神情明顯鬆懈了下來，然後又見到後面幾十個人陸續現身，將他前前後後圍了起來，這才更放心了，才把半自動步槍收了起來。

兩個保鏢當即上前扶著法斯坐在當場，一些保鏢趕緊四下裏檢查巡視，看看還有沒有危險。

法斯腿上受了傷，在右大腿外側有一道傷口，包紮著的布條給染得鮮紅，看來受傷不輕。身上其他的地方倒是沒有傷，但臉上的神色卻是驚恐莫名，幾十個同伴圍在他身旁後，他這才定神下來。

鮑勃先安撫著法斯，然後小心謹慎地從他手中輕輕把槍接了過來，然後又命手下過去扶起法斯，讓他儘量安靜下來。

不用鮑勃吩咐，手下人立即分散開來，四下裏搜尋著未知的險情。

法斯身處在同伴中間，看到同伴們四下裏檢查時，那激動恐懼的心理慢慢放鬆下來，神色表情也顯得輕鬆許多。便對鮑勃彙報道：

「鮑勃先生，我們並不是被那大怪獸弄的，而是給一群奇怪的猴子弄的。說牠們是猴子，卻又不完全是，只是身手像，臉卻不像，我不敢肯定，而且這些猴子的靈敏度和思維能力，跟我們差不了多少！」

說著，法斯這才激動地講述起來。

原來他們一行人在叢林中遇到了數十隻猴子，這些猴子比他們見過的所有動物的身材都還要高大一些，甚至有些像人類，但又有猴子的身手，從天而降，極是凶狠，下手毒辣，而且行動極為迅速，一剎那間，他們一群人便遭受到了重創。

十二個人當即舉槍一陣亂射，那些猴子四處跳躍，所以他們也只好胡亂掃射。

猴子跳竄到他們中間後，便瘋狂地抓咬他們，當場便有三四個同伴被抓得肚腹破裂，腸子流出了一大堆。

法斯當時給一隻猴子抓中了大腿，傷口很深，法斯一槍斃了那猴子，然後身子便直滾入草叢中，然後靜立不動。

那些猴子仍然是險之又險，法斯只聽到淒厲的同伴呼叫聲，知道自己的左右儘是凶狠的猴子，只好隱藏在草叢中，一動也不敢動彈。

那些猴子也沒有再來尋找他，當眾人拿槍胡亂掃射的時候，法斯躲在草叢中一動都不敢亂動，生怕驚動到那些猴子，亂槍掃射了一陣，十二個人在這一下伏擊中，至少死了一半，然後剩下的一半，則是各自在叢林中躲藏穿行而逃。

直到過了半個小時後，法斯見沒有任何人注意到他後，那些猴子也消失不見了，這才鑽出來。

他一邊打量著四周的環境，一邊又用布條給他自己纏繞起來，把傷口包紮後，又朝著來時的方向爬行了一兩百米，實在爬不動了後，就靠在大樹上休息，直到周宣等人的到來。

眾人這才明白，只是聽說來襲擊他們的是猴子，也是很吃驚，如果是猴子的話，他們手中又有槍械，應該是不可能會對人類發起攻擊的。

周宣四下裏探測著，根本就沒有一隻猴子在附近，而且這一帶，也沒有找到襲擊法斯等人的猴子屍體，如果他們亂槍掃射的話，只怕也會有不少受傷或者死掉的吧，但在這一帶，凡是他能探測到的範圍中，就沒有發現一具猴子屍體。

沒有猴子的屍體也罷了，周宣更是探測不到其他同伴的消息，沒有半分線索，也不知道是生還是死。

聽法斯剛剛說過，至少有一半的同伴當場就給猴子抓死了，但也是生不見人，死不見

屍，難道還給猴子把屍體都抓走了？

周宣心裏懷疑起來，這個島本來就是離奇的地方，這島上的生物自然也是不正常的，就如同最開始出現的那頭龐大的野獸，又或者如法斯所說的猴子，恐怕都是與那製造出能量罩的生命體有極大關係，也有可能是經牠們改造過的物種，以現在的科技水準，就是人類，也能製造出地球上不曾出現過的物種，那就更別說智慧遠超人類的外星生命了。

法斯一邊說，一邊喘氣，對這段經歷，他是打心底裏害怕驚恐，那些猴子的凶猛，讓他到現在都還不願意再想起這段回憶。

而且別的情景，法斯也沒有看到。他只看到之前發生的事，以及他受傷滾到草叢中躲起來的事。之後他就躲起來了，無論槍聲多麼激烈，叫聲多麼淒慘，他都堅忍著一動不動，直到所有的聲音都消失為止。

這段經歷中，法斯可以說精神都崩潰了，無法再面對那樣的場景。

如果只是說野獸，無論再凶猛，他也沒有那麼害怕，但那些疑似猴子的東西，卻又與猴子大為不同。

首先一點就是，猴子絕對抵抗不了他們的槍枝子彈，而這些猴子卻可以抗住他們亂射的子彈，這個能力讓法斯當時立即就想起了周宣。

周宣就是一個讓他們無法想像的人，能擋住密集亂射的子彈，又能輕易擊敗他們數十個人，更是能擋住他們誰都無法想像的那個怪獸！

難道這些猴子也有周宣同樣的能力？

別的能力有沒有倒是不知道，但猴子除了擋子彈後，對付他們那十幾個壯漢時，也是很輕易，這能力，似乎跟周宣當真有些類似了，只不過很明顯，周宣跟這些猴子不可能是一道的。

後來法斯聽到口哨聲後，一下子驚喜起來，這口哨他熟悉得很，一聽就知道是同伴尋來了，有了生存的可能，當然是喜不自勝了，趕緊便回答了，把路易士引到他跟前。

法斯說了半天，眾人也都聽得糊裏糊塗的，不知道到底是怎麼回事，而且現場又什麼都瞧不出來，什麼痕跡都找不到，好像除了法斯一個人外，其他人根本就沒到過這地方一般，一點的蛛絲馬跡都沒有留下來。

不過，周宣在這一帶再用異能探測後，倒是發覺了一些東西，其實是一些影像，是另外十一個人的影像，但是沒有猴子的影像留下。

周宣猜想不是那些猴子沒有留下影像，而是那些猴子身體中可能包含了特殊物質，讓他探測不到而已，並不表示真的沒有留下影像。

那另外十一個同伴的影像很清晰，看樣子是在與什麼東西歇斯底里地搏鬥，就好像拍科

幻電影一般，先拍的是演員獨自的動作，跟空氣在搏鬥一般，然後給畫面加上去的怪物或者對手，那都是運用電腦特技做出來的，並不是真實的。

周宣仔細探測了一陣，然後又順著圖像清查下去，就在數十米遠的地方，所有的影像都憑空消失了！

影像消失，對周宣來講，這確實是很奇怪的事，有可能在這個地方又發生了什麼事，周宣再走近了些，仔細查找起來，仍然探測不到其他的影像，那些同伴就像是憑空消失了一般，再也沒有任何影像留下來。

周宣思索起來，那些同伴定然是給那些有怪異能力的猴子給抓走了，這些猴子與之前出現的那一個龐大的怪獸恐怕都是有聯繫的，其實這島上所有的物事，都與那神秘的能量有聯繫，因爲能量罩就能說明，這絕不是自然生成的東西。

第一八七章

調虎離山

周宣忽然變了臉色，叫道：
「快，趕緊回去，我們中了調虎離山之計了！」
周宣忽然明白對手的聰明，只怕那些猴子根本就是誘餌而已，
把自己一方的人集到一起，再集中力量去攻擊船上的人。

一眾人見到周宣在低頭思索著，也不敢打擾他，這麼多人一起，看起來雖然有四十多個，聲勢浩大，但在這濃密又寬廣的叢林裏，幾十個人頓時便顯得微弱細小，根本就不爲所知，細小得跟螞蟻一般。

說不定別的地方正有一雙恐怖的大眼在某個地方盯著他們呢，他們的行蹤只怕已經給對方盯個正著。

探測不到任何的影像，周宣想了想，便不再繼續，瞧了瞧眾人，四十多個人此時都拿眼瞧著他，在無形中，這些人都已經把周宣當成了主心骨，他怎麼說，大家就怎麼辦了，唯他馬首是瞻。

周宣想了想，然後便揮手說道：

「恐怕其他人已經落入了對手手中了，目前看來，我們還不適宜再深入尋找，只能先返回之後，再做商量！」

鮑勃和魏海洪兩個人也是沒有什麼意見，說實在的，他們也想不出辦法和意見來，在這樣的情況中，他們還能說什麼？打又打不過，逃又逃不出，他們還能怎麼樣？只能把一切的希望放到周宣身上。

而其他人跟他們兩個一樣，根本沒有辦法來應付現在的困境。

除了等待就還是等待了。

了。

「回去！」周宣見眾人等著他的決定，當即便揮揮手說道。目前也只有回去後再做商量了。

在吩咐回去的時候，他又運起異能給法斯盡力恢復了一下傷勢。

法斯害怕把他丟下，讓他一個人再留在這個地方，趕緊掙扎著站起身來，想砍一根樹枝作為拐杖，一站起時，卻忽然發現腿並不那麼疼，怔了怔，趕緊又活動著試了試，受傷的大腿確實不疼了，也感覺不到傷得很重，只有一丁點皮外傷，難道他自己搞錯了？

不過，就在要動身走時，前方忽然又傳來密集的槍聲，時不時有沉重的炮聲響起來。眾人都是一怔。

周宣忽然變了臉色，叫道：

「快快快，趕緊回去，我們中了調虎離山之計了！」

在這一刻，周宣忽然明白了對手的聰明，只怕那些猴子根本就是誘餌而已，把自己一方的人聚集到一起，再集中力量去攻擊船上的人。

這麼一想，周宣忽然間冷汗都流了出來。那些猴子只怕也明白到，這麼多人中，只有他一個人對牠們是有危險的。

目前他們還有一百多個人，周宣雖然對牠們有威脅，不過，只要把周宣的同伴全部打下來，讓他變成孤家寡人一個，周宣便是再厲害，一個人孤孤單單的，自然也會害怕。

這個鬥的就是心理了。

周宣冷汗涔涔，這些對手看起來是野獸，大腦不發達，但從目前的形勢來估計，這些野獸並不如他們想像那般簡單！

周宣趕緊與眾人一起往回撤。

當然，他即使慌亂，也還是把魏海洪和鮑勃叫在自己身旁，這樣可以把他們放在自己的安全範圍之中。已經出了這樣的事，就不能再容許別的更令他受不了的事發生了。

四十多個人迅速在叢林中穿行，周宣同時把異能運到最強的狀態來探測著。

雖然那樣估計著，但他不敢鬆懈，如果那些野獸並不如他所想的那般，只不過是湊巧的話，那就是估計錯了。

如果他只是估計錯誤，周宣還是能夠接受的，而他最擔心的是，如果那些野獸當真是有極高的智力，那麼牠們有可能是表面上誘他們往回撤，實際上卻是在半路上設了陷阱，引他們鑽進去而已。

周宣一邊快速地回奔，一邊又對身邊的魏海洪和鮑勃問道：

「鮑勃先生，我想，我們有可能中了這些怪物野獸的圈套了，得趕緊撤回去與船上的人會合。」

鮑勃心裏也在想，如果真是那些野獸用的計策的話，只怕事情就不簡單了。野獸們也有人類一般的思維，那這座島嶼就將會成爲一座煉獄戰場，以後將充滿殺戮，看來這一次倒真是賭對了。

想必那些野獸也是嘗到了周宣的厲害，所以才會用出這種計策來，調虎離山，然後削弱周宣身邊的力量，最後再對他圍剿。

不過，鮑勃還是有些不相信，畢竟野獸總歸是野獸吧，再怎麼凶狠，牠們也只是野獸，又怎麼可能有與人類一樣的思維？

眾人在叢林中越跑越快，不敢鬆懈，而且這些人都是精幹強壯的人，體力沒有任何問題，只是心中充斥了恐懼，唯一感到好一些的，就是還跟在周宣身邊，現在這個時刻，只要有周宣的存在，他們就有一絲安全感。

槍聲越來越濃，越來越急，顯然船上的情形很危急。周宣面色沉重，一行人都不說話，只是盡力往回趕。不到半小時便趕回到沙灘前沿。

一出叢林，視線便沒有了阻擋。

眾人看到船前邊的沙灘上，有無數的野獸在往船上的方向縱躍飛奔。

那些野獸似曾相識，如虎如獅如狼，但卻又各有不同，體形比在陸地上見到過的要大得

多。獅子老虎便如小象一般，但就算龐大，也沒有最早見到的那個怪獸那麼大得離譜。

周宣鬆了一口氣，這些野獸雖然又大又兇狠，但體形畢竟比上次傷到他的那個要小得多，那個就跟電影中的酷斯拉一般，現在這些，雖然比普通人要高大，但卻不是高大得離譜，還在能承受的範圍之中。

路易士在最前邊，當先便瞄準了沙灘上的野獸，然後急火攻心地開了槍，跟著的其他人也都抬槍就射。

四十多條長短槍在同一時間開了火，子彈如雨點般射向沙灘上的那些野獸，頓時嚎叫聲猛然響起，這些子彈射在牠們身上後，倒是有些效果，不過好像也並不致命，但對那些野獸還是有些傷害。

野獸突然前後受到夾攻，頓時亂了起來，大概也沒有料到周宣等人會回來得這麼快，不斷吃著子彈，因爲周宣等人相隔了幾百米，看不清牠們受到的傷害程度。

不過，有一些野獸嚎叫著，迎著子彈，雖然吃痛，仍調頭又向周宣這邊衝了過來。鮑勃吃了一驚。

面對著這些猛獸時，才覺得牠們的可怕，隔得又更近了些，那些野獸迎面對著他們射出的子彈，子彈射在牠們身上，並沒有四散掉落，而是射進了身子中，只是並沒有射入多深，似乎只打在皮膚表層，顆顆都嵌在身上一般。

當然，這些野獸身上也有鮮血迸出，子彈對牠們確實不致命，但還是有很大的傷害，起到了阻礙的作用，但也正因爲如此，那些小傷，卻是讓牠們的凶焰更加猛烈瘋狂。

而這些野獸並沒有見到過周宣以及他的能力，所以對他們並不畏懼，兇狠的衝了過來。

周宣眼見這些野獸衝到了兩百米以內的範圍，也很吃驚，當即運起了太陽烈焰的能力，然後對衝在最前面的野獸進行攻擊。

不過，周宣並不是全力對付野獸整個身體，而是將高溫對準了衝在最前面的那些野獸的一雙前腿，青煙冒起，最前面的四五頭野獸一雙前腿忽然間冒起了火焰青煙，一下子燃燒起來。

那四五頭野獸頓時慘叫著撲倒在地，拼命地把前腿在地上狠擦，可是不管牠們怎麼滅火，那腿都在狠狠的燃燒。

因爲這是周宣用太陽烈焰的高溫異能，這可是比任何的燃料更厲害，要不是周宣爲了保存實力，又因爲島上的太陽光不夠支撐他的吸收程度，所以不敢施放出最強烈的超高溫，否則的話，那些野獸腿根本就不會冒煙燃燒，而是會在瞬間熔化，變成空氣。

周宣早就明白到，他的異能雖然不能對含有外星特殊能力或者特殊物質的東西起到探測和轉化傷害的作用，但是後來得到的太陽烈焰對牠們就有致命的威脅了。

這是因爲，無論在哪個星球上，生物們對恆星的能量都是無法相抗的，周宣的太陽烈焰

就是恆星的能量，它的高溫沒有任何物質可以抵擋，包括外星生命物質體。

不過，野獸眾多，後面的野獸並不知道前面的野獸被周宣隔了兩百米已經傷害掉，一往直前地衝過來，而另一部分仍然在猛烈攻擊著船上的人。

船上的人是由查理斯帶領著的，因爲船上，火力和彈藥要足夠得多，又因爲沒有上一次那個龐然大物在一起攻擊，所以船上的人雖然很吃力，但還是勉強擋得住。現在，周宣帶著人又快速趕回來了，兩邊夾擊，他們的壓力頓時鬆了一大半。

周宣額頭上汗水滾滾，野獸眾多，他的太陽烈焰盡全力施出，對陣的經驗已經極爲豐富了，把太陽烈焰的能力用得極巧妙，每一隻野獸都只熔燒了前腿，讓牠們無法再跑動，牠們雖然凶殘，但沒有了前腿，就等於沒有了牙齒的狗，叫得再兇，也對人造成不了傷害。

不過野獸的數量太多，周宣這一陣子猛力施爲，損耗能量太巨，而頭頂上的太陽不慍不火的，給能量罩阻隔著，得不到更多的能量來恢復，損耗比不上吸收，自然就漸漸支撐不住了。

但給他燒掉前腿的野獸，至少也有四五十頭之多。

數量一多，這麼多野獸倒地慘嚎時，其他的野獸驚覺到了，衝上前的數量頓時少了，就算是動物，也沒有不怕死的！

這時，周宣明白到，並不是這些野獸有多麼聰明，牠們雖然得到過改造，但智力還是比不上人類，只是牠們肯定有一個在背後指揮著的首領，不知道這個首領藏在什麼地方，而且這個首領應該不是那頭龐然大物，而應該是一個智慧超群的生物。

周宣盡力用太陽烈焰再熔燒著野獸前腿，然後又四下裏盯瞧著，看看有沒有藏在哪兒的野獸首領，也不知道是什麼樣子的東西，是野獸呢，還是怪物？

往回衝的野獸氣焰極爲兇猛，因爲這一陣子攻擊船上面，被猛烈的火炮子彈攻擊得衝不到船上去，正惱怒得很，然後見到周宣這邊四十多個人從叢林裏鑽出來，立時便捨棄了船上那邊，來攻擊這邊。

不過卻沒有想到，周宣這邊，讓牠們吃的苦頭更大，攻擊船上時，火炮子彈雖然猛烈，但牠們經過改造過的身體，了彈射不進身體裏，只是經過長時間的猛烈射擊，還是會受傷，也會有很強的疼痛感，讓那些野獸更是暴怒不已。

周宣等人出現後，回身衝回去的野獸們把一腔怒火準備發洩到他們身上，但想不到的是，衝到最前面的野獸們，莫名其妙地被周宣的太陽烈焰高溫熔化掉前腿而受傷栽倒，凶猛又凶殘的牠們，忽然被神秘的力量控制了一雙前腿，當然不習慣了。

而後面再衝過來的野獸們，被前面哀嚎慘呼的野獸所嚇到，因爲與之前被子彈射擊時痛得怒吼時的反應，是完全不同的，被子彈射擊時，痛是痛，但不會受到致命的傷，只是表皮

被子彈撞擊得疼痛，而後面被周宣的太陽烈焰熔到的時候，就完全不同了，這些野獸堅硬如鐵的皮膚也禁受不住太陽烈焰的高溫，一雙前腿被熔掉了。

當然，如果周宣要對付牠們身上別的地方，同樣可以辦到，只不過周宣爲了節省異能，而只熔化了這些野獸的前腿，既起到了殺傷阻礙的作用，又能發揮威懾作用。

但周宣的能力同樣消耗嚴重，因爲吸收補充的速度要慢於施出的速度和量度，自然也就承受不住了。

周宣心裏只是叫苦，如果那些野獸再群湧而上，悍不畏死的話，那他就擋不住了。

幸運的是，受傷的四五十頭野獸慘烈呼叫，那慘叫聲震懾了其他野獸，衝向周宣這個方向的野獸們頓時停了下來，包括還在攻擊船上的野獸們，也都停了下來，紛紛拿眼盯著周宣這邊的幾十個人。

那些野獸們眼裏也都流露出驚恐的神色，從來沒有一個人類能把牠們搞到如此慘狀！

對於人類，牠們並不是第一次見到，神秘地改造牠們的外星生命，經常把人類的船隻飛機用能力弄到島上來，把人類作爲研究對象，與野獸們配合測試，而人類在這個環境中，完全不能與野獸們對抗，絕大部分人都會死在野獸尖利的牙齒利爪之下。

而這一次到來的人，竟然是反常的局面，牠們居然攻不下來，而且面對一群四十多個沒有任何掩體的人，野獸們居然衝不到面前就被莫名其妙地燒傷了，幾乎所有的野獸都被震懾住了，也都停下來，安靜了。

同時，船上和周宣這兩方面，也因為野獸們的停止而停住了射擊。兩方幾乎就這麼相隔對恃著。

周宣頓時鬆了一口氣，大口大口喘著氣，並努力恢復著異能。多恢復一分能力，也就多一分保險，只可惜沒有正常的太陽光，周宣得不到正常的補給，否則他的能力就不是現在這個半死不活的樣子了。

而那些野獸自然是料不到對方也是在驚懼害怕著牠們的進攻，雙方都在擔心著。但周宣無疑是最有底氣和最明白情況的一個人，其他人除了魏海洪有些明白之外，別人都不知道到底是怎麼回事，而周宣施用的太陽烈焰能力是無形的，根本就看不出來。

周宣和眾人都擔心的那個龐然巨獸倒是沒有出現，如果牠再出現在這裏並且進攻他們的話，那就沒法抵擋了。

周宣知道，他的太陽烈焰能力對那頭巨獸來講，作用是很小的，只能對牠起到恐嚇的作用，能讓牠受到類似極度燙傷的程度，而不能像這些野獸一般熔化掉，這是因為周宣能力達不到最佳狀態，不能把太陽烈焰的高溫運用到最強最高的程度。

看到野獸們猶豫的狀態，周宣知道情形危險之極，只要牠們發起再度進攻，數量眾多的

野獸群湧而上，他那些殘餘的能量肯定起不到作用了！

周宣想了想，然後向眾人擺了擺手，說道：

「你們都留在當地，我衝過去，沒有我的命令，你們都不要輕舉妄動！」

周宣說完，然後就單槍匹馬的往前衝出去。

其他人得到周宣的命令後，也不敢隨便跟著衝上去，也更不敢隨便開槍了，而且在這種情形下，衝上去面對那些凶悍的野獸，他們還是有所畏懼。

周宣衝上去後，那些野獸也是吃了一驚，不知道這個忽然衝出來的人是什麼意思，只是紛紛盯著他。

周宣賭的也就是這一把，他與那些野獸相距只不過一百來米，這一陣子急跑，直到衝入五十米以內時，那些野獸才知道周宣當真是衝向牠們的，只是牠們都很奇怪，周宣怎麼會有那麼大的膽量，敢衝出來往牠們這兒來，又吃驚又害怕，不知道周宣到底是什麼意思。

周宣當然是冒險一行，如果野獸們被他的能力震懾到的話，就會不敢單獨面對他，只要那些野獸被震懾住後，他才有機會實施下一步的計畫。

當周宣衝到只有六七米遠近時，那些野獸才驚覺到危險，發一聲嚎叫，然後圍了過來。

周宣早就準備好了，衝上來的野獸們，紛紛被周宣用太陽烈焰的能力熔化掉前腿，衝得最前面的野獸甚至還被周宣用太陽烈焰熔化掉牙齒，沒有牙齒的野獸就算衝到了周宣身邊，也沒有能力再對周宣構成威脅。

不過，周宣自然不會那麼想了，在一開始，衝到最前的野獸就被他的太陽烈焰能力熔化掉前腿，幾乎「撲通」「撲通」幾下，那些野獸就摔倒在地下了，甚至無法靠近周宣的身邊。

這些情形就發生在一瞬間，別的野獸停下步子，對周宣驚疑不定地瞧著，不知道到底是什麼原因，周宣再試了試用異能轉化牠們，卻依然還是轉化不了，看來也只有用太陽烈焰的能力了，只有這種能力還能傷到野獸。

那些野獸被恐懼震住了，之前不知道是哪個人給牠們造成這個傷害的，現在明白了，原來就是眼前這個年輕的人類給牠們造成了不可磨滅的傷害，讓牠們都變成了殘廢。

周宣看到野獸們被他的能力震住了，心裏鬆了一口氣，這一身的異能都快耗盡了，要是再多一兩隻不畏死的再衝上前，只怕就會出問題了。

周宣這才停下步子，盯著所有的野獸，然後仰天吼了一聲，威勢驚人，伸手在天空中搖了幾搖，把身體異化強硬了起來，雖然不能達到之前的正常狀態，但現在在他的強力提升之下，還是堅硬了起來。

周宣把堅硬的手臂朝著一頭野獸頭部狠狠砸了下去，「噹」的一聲響，手臂與野獸頭部

一相碰，發出一聲金鐵似的大響，那野獸的頭部就在這一刻，被周宣的這一臂之力砸得頭骨破裂。

以野獸那麼堅硬的體質，居然都沒能承受住這一下猛砸，頭骨碎裂，甚至是沒有來得及發出一聲喊叫，便即斃命！

周宣又是一聲吼叫，那些野獸頓時崩潰了，一聲淒厲的大叫之後，一眾野獸忽然就衝向了另一邊，往叢林裏狂奔而去。

野獸的潰敗完全達到了周宣的想法，把那些野獸的防備心理擊潰，此時一頭頭都變成了逃竄的敗軍之將，潰不成軍。

周宣長長鬆了一口氣，所有的野獸在這一刻都潰敗逃走，而其他人以及船上的人都忍不住震天歡呼起來，忍不住對周宣更加佩服和敬畏起來。

這些野獸的兇悍，他們可是親眼目睹的，可就是這些他們用槍炮都無可奈何的野獸，卻是被周宣一個人擊潰了！

解了這個大危難，周宣鬆了一口氣，其實他已經把能量耗盡，腿都抬不動了，站在當場動都不敢動一下，生怕引起野獸們的驚覺再回來，那他就只能準備等死了。

魏海洪看出周宣有些不對勁，當即衝過來，跑近了才看清楚，周宣額頭上全是汗水，手指都在發顫，只怕當真是能量耗盡。

魏海洪趕緊一招手，把身邊的一個保鏢叫過來，兩個人扶持著周宣往船舷的邊上奔去。

到了船邊，從船上放下來無數繩梯，魏海洪索性把繩索纏繞在周宣腰間，然後往上揮了揮手，在上面的人也看得很清楚，心知有異常情況，趕緊把周宣拉了上去，然後解開繩梯，把周宣扶著進了船艙。

進了船艙後，周宣才露出狼狽的表情，一跤坐倒在地，大口大口喘氣。

眾人這時才知道，周宣也已經到了極限，無法再動了，心下也是吃驚不已，周宣這個樣子，當真是出乎他們的意料之外，與那個剛剛在無數野獸之中大展神威，用手便砸死堅硬之極、刀槍不入的野獸的人，此刻卻是動也動不了，完全沒有他們想像中的鐵人形象！

看來，即使如超人一般的人，也有累得不能動彈的時刻。

鮑勃和查理斯相互望了一眼，當真有些劫後餘生的味道，又看了看軟倒的周宣，鮑勃趕緊命令手下拿來一些粥類的飲食，服侍周宣吞服。

周宣其實也確實有些餓了，累了這麼久，還滴水未進，又加上太陽光能不強，體能跟不上，能吃一些食物當然是好。

不過吃了幾口後，能力恢復了一丁點，也就推開了服侍他的人，把粥碗接過來，自己吃了起來，真是餓了，這一陣子的風捲殘雲，一連吃了四碗粥這才罷手。

粥一喝進肚子中，熱量恢復，體力也恢復了不少，不過異能的恢復還是慢得許多，能力也只不過恢復了一二成。

周宣嘆了一聲，站起身到甲板上曬著太陽。

那太陽已經偏西，光能更弱了，周宣儘量吸收著。看能不能加緊恢復一部分，只怕到了晚上後，那些野獸又會圍攻，那時就要出大問題了。

鮑勃和查理斯都不知道周宣在幹什麼，只覺得他的行動古怪不已，但又不好問他，只見周宣在甲板上懶洋洋地曬著太陽餘輝。

這個島上的溫度並不低，跟夏日差不多，根本就用不著曬太陽來取暖，但周宣不僅僅曬著這西下的太陽光，而且還閉著眼睛，似乎很享受一般，鮑勃等人更是不敢打擾。

今天的危機，若不是周宣，他們就都完了，而被救回的法斯也是對周宣感激不已，若不是周宣提議堅持出去，那他又怎麼能被救回？

周宣在甲板上一直待到太陽落山，再也看不到半點餘光，這才起身回到了船艙中，捧了臉坐在一張桌子邊，想著問題，在這個島上，要怎麼才能夠破除能量罩？

只有破除了能量罩，見著正常的太陽光後，他才能恢復到他所需要的能量，上天入地的能力一回來，這個島上的威脅，就不足以慮了。

只是這個能量罩，又豈是那麼容易被他們破除掉的？

現在，周宣已經弄明白了基本的情況，那能量罩的強大，讓他無計可施，而能力似乎就差了那麼一籌，無法得到能量，也就無法恢復到正常的狀態！

周宣很是煩惱，目前他不能恢復到正常的情況之下，這船上是不能待了，那些野獸，包括那頭更爲厲害的龐然大物，隨時都有可能來攻擊，這船已經成了一個明顯的目標，現在就得趕緊想法撤離！

如果以後他不能夠恢復到以前的能力狀態，那他就沒辦法逃離這個孤島了。

第一八八章

穿甲子彈

鮑勃心想，還真是讓這個周宣來對了，
要不是有他，這一船人只怕已經死過幾次了。
而現在，他居然又做出了這麼神奇的穿甲子彈，
真想不通，這個年輕的東方男子身上，還有些什麼樣的秘密？

船艙中百餘人個個都是憂心忡忡的，周宣努力地恢復著能力，只可惜連那一縷微弱的太陽光也隨著太陽日落西山而消失了，整個天色都暗了下來。

周宣的心情也默然下來，雖說眼下是把這些怪獸擊退了，但自己心裏明白，這不過是行險，用了殺一儆百、殺雞給猴看的道理，要是再來一次，就會露餡了，因為自己的能力已經耗盡，所剩無幾。

當然，其他人只是對野獸們的害怕心理，別的倒是不怕，也更是對周宣有依賴心理了，覺得只要有他在，跟他在一起，就有生命保障，就有安全感。

周宣覺得有問題的是，本來是想儘快找個藏身的處所，但現在卻已經天黑了，這個時候要是打著火把，點著燈去到叢林裏，那無疑是把自個兒送到野獸嘴裏一般，黑夜中，只會被當作明顯的目標給進攻了。

自己的能力雖然視黑夜若無物，但是他的能力已經耗盡，無法再繼續，而且現在又是晚上，連微補的太陽光都沒有了，如果以修煉來進行恢復能力，那速度又太慢，等不及。

當真是令人頭疼，這一次，那麼多的野獸都出來圍攻，但那隻最龐大的怪獸卻是沒有現身，這讓周宣更是疑惑，搞不明白這些野獸究竟有什麼用意。

雖然對方只是一群野獸，但周宣卻絕不敢把牠們只當成一群沒有智力的野獸，也許牠們有，也許牠們背後的生物有，總之，這個島上的所有事物都讓周宣不敢有一丁點的忽視。

想了想，周宣便對鮑勃說道：

「鮑勃先生，今天已經大黑了，我們沒辦法再出去尋找藏身處所，只能還在船上休息一晚，不過今晚我們就要加強戒備了，所有人都退到艙房大廳裏來，把所有武器也搬到艙裏來，所有人戒備，把今晚撐過去……哎……估計是個要命的難熬的夜晚！」

鮑勃馬上便即命令手下們趕緊行動，現在對周宣的能力，他是半點也不懷疑了，手下的那些保鏢們雖然強悍，但與周宣比起來，簡直就是沒得比了。

魏海洪端了一杯熱咖啡過來，遞給周宣，然後說道：

「兄弟，喝一杯熱咖啡提提神！」

周宣笑了笑，接過咖啡輕輕喝了一口，略顯苦澀的味道過後，舌尖又傳來香甜的味道。

鮑勃這船上的武器確實精良，長短槍除外，還有幾門山地火炮，這是用來配置船上的火力的，不過也搬不走，沒有移動設備是運不出去的，只能任由它留在船上。

幾門肩扛式的火箭筒倒是有作用，把火箭彈都一箱一箱扛出來，擺到大廳裏，配有夜視儀的狙擊步槍作用最大，因為狙擊步槍一是可以夜視，二是射擊距離遠，三是比較容易且方便攜帶。

那些死了的船員屍體都已經火化了，所有人也都知道事情的危急性，下午的那次野獸攻擊，如果不是周宣及時趕回來化解掉危險，只怕船已經給弄破了，雖然火力猛，但卻是阻不

住那些野獸的攻擊。

所以鮑勃一聲令下後，他們就主動的架設防禦工事，在艙房大廳與船外做了兩道防禦火力線，把彈藥也都擺足夠了，也儘量用那些穿甲彈一類的武器，別的武器儘量留下來，用來保存實力。

周宣看到路易士扛著一架狙擊槍時，忽然間想起了在摩洛哥時，從屠手中的外星生物手中學到的用異能製作子彈，尤其是用冰做的，穿透力強勁，事後又無影無蹤，無蛛絲馬跡可以尋找。

不過在這個孤島上，倒是不必用冰製無痕跡的子彈，只需要把船上要使用的武器子彈給強化就足夠了。問題是，現在他的能力消耗殆盡，要製作這麼大量的子彈，可是一件根本就無法辦到的事，只能製作一小部分。

想了想，周宣便吩咐鮑勃：

「鮑勃先生，如果我們堅守一晚，需要多少子彈來防守？」

鮑勃一愣，然後搖搖頭道：

「那將是個天文數字，因爲這些野獸皮膚太強硬了，根本做不到致命傷，估計只會讓牠們疼痛，除非是穿甲彈，那可以傷到牠們，不過穿甲彈的數量有限，不可能像步槍、手槍子彈那麼無限制的使用，炮彈也只有極有限的幾十枚，無法做到傷物止物的能力，再說了，一發炮彈射出去，那些野獸又不會全部聚到一起等你來屠殺。」

周宣沉吟了一下，然後說道：

「那如果用狙擊槍，使用步槍子彈，想想看，只要槍法準，一槍或者兩槍就能斃掉一隻野獸，這需要多少子彈？」

鮑勃呆了呆，隨即苦笑道：

「一槍一隻？呵呵呵，我們的保鏢，基本上都是神槍手，加上夜視儀等高精度的設備，要做到槍槍命中的把握並不難，但就算再神的槍手，槍槍致命，但子彈都打不死的那些野獸，槍法再好又有什麼用？」

周宣眉頭舒展開來，笑笑道：「這個你就別管了，把狙擊步槍子彈箱抬過來，我有用處。」

鮑勃見周宣的眉頭舒展開，知道他肯定是有對策、有把握了，當即把手一揮，命令手下趕緊把子彈箱抬過來。

周宣邀了魏海洪到裏間一起休息，運功恢復著。給子彈強化，雖然也要耗損功力，但總比對付那些野獸的直接場面要好，要輕鬆些。

鮑勃命人把子彈箱抬了兩大箱過來，然後按著周宣的吩咐抬到裏間去，周宣便讓他們都出來，把門關上，房間裏只剩下他和魏海洪。

魏海洪知道周宣肯定是有什麼辦法了，也睜大眼睛看著，不過周宣並沒有做得如何驚天動地，而是仍然努力恢復著丹丸真氣，把能量儘快恢復過來。

大約過了一個小時，入夜未深，周宣恢復了二三成的能量，然後把能量運起，逼到子彈箱上面，把整個子彈箱加強的話，要損耗的功力並不是特別強大。

周宣把兩箱子彈都運功強化後，身子有些疲軟，但是，有這些子彈，今天晚上的守候就夠了，只要子彈有強勁的殺傷力，就並不需要太多，殺死幾十頭野獸，就會給牠們帶來極強的震懾力。

周宣把兩箱子彈全部異化過後，身子直是顫抖，臉色也蒼白起來，說實話，這兩天對異能的透支太巨大，著實受不了，到現在還能堅持著，那也是咬牙支撐的，如果不頂過去，那他們一百多人的命運，只怕就此便會終結，連明天都沒有了。

喘了一陣氣後，周宣才努力對魏海洪說道：

「洪哥，讓鮑勃進來把這兩箱子彈分發給神槍手，一定要他們注意，這子彈不能隨便亂用，我特別製作過的子彈，是比穿甲彈還要更強得多的異化子彈，絕對會對野獸們造成極大的傷害！」

魏海洪雖然沒有見到周宣做什麼，子彈箱搬進來後，周宣也一直是在練功，根本就沒有把那兩箱子彈打開看過，就更不必說什麼把子彈重新製作過了，不過他也知道周宣的能力極強，而且也一直覺得他的能力特別，再加上周宣又從來不說謊，周宣既然如此吩咐他，雖然他不明白，但也知道，這些子彈不一般了。

魏海洪當即又叫鮑勃讓那幾個抬子彈的人，把兩箱子彈抬到艙裏的大廳中，然後讓鮑勃親自給剩下的三十多個保鏢分發子彈。

看到這三十多個保鏢每個人都分到了一百多發子彈，兩箱三千多發子彈，不幾下便分了個乾淨。

分到手的保鏢們都很奇怪，看著分給他們的子彈，與原來根本就沒有兩樣，拿到手中，既不會沉重些，也沒有顏色變化，想不通這些子彈有什麼特別。

只是周宣鄭重吩咐過，鮑勃也不敢輕率，把子彈分發完後，便對那些保鏢說道：

「你們每個人都分到了一百多發子彈，這些子彈是經過周先生特別改製過的，一定要省著用，別浪費胡亂射掉，瞄準了，一槍一槍開，只要把野獸打死了，就不要再浪費第二槍。」

那些保鏢們都很奇怪，這些子彈確實沒有什麼特別，聽鮑勃這麼說起，都不禁再仔細審視起分到手中的子彈來。

只是不論他們怎麼仔細觀看，這些子彈都沒有任何的特別。

鮑勃心裏其實也是一樣的念頭，想了想，心想：有三千多發子彈，浪費一顆兩顆，也不是什麼大不了的事，不如先拿一顆來試試看效果，看這子彈究竟有什麼特別。

鮑勃這麼一想，當即取了一顆異化過的子彈，然後當著分了子彈的保鏢們面前上膛，打開保險，然後瞄準艙門最厚重的鋼板處，本想開一槍試試看，但想了想，又對一個手下說道：

「拿兩件防彈衣來包墊在那鋼板上。」

鮑勃的手下當即取了兩件防彈衣過來，用繩子緊緊繫在鋼板上，那鋼板的厚度就超過了兩寸，這個厚度，即使是甲板也是難以打穿的，更何況，鋼板上還綁了兩件新式的防彈衣，除非是穿甲導彈，否則怎麼能打得穿這麼厚強度的鋼板防彈衣？

看把防彈衣綁好後，鮑勃這才又瞄準了，為了防止子彈碰到鋼板反彈，所以保鏢們都退得遠遠的，離開到有危險的範圍。

鮑勃這才又把準心瞄好，一勾扳機，子彈略帶一絲尖厲的哨聲，一射而出。

因為有消聲器，子彈射擊的聲音並不大，但船艙裏的人都是槍林彈雨裏出來的，熟得很，子彈射出時的痕跡，眾人幾乎沒察覺到，只是聽到了響聲，而且鋼板處的聲音也極輕，沒有反彈的現象和聲音發出來。

不過一眾保鏢瞧了瞧鋼板處時，不禁都呆了呆，兩個保鏢首先跑過去檢查，把防彈衣取了下來，然後拿給鮑勃看。

鮑勃也是大吃一驚！

那防彈衣都是經過保鏢折疊起來的，子彈要穿過防彈衣的話，一件防彈衣就是雙層，兩件就是四層，背後還有兩寸多厚的鋼板，但是拿到鮑勃眼前的防彈衣，四層整齊地穿透了一個彈眼，對著光亮看，正透射出手指般大的一縷亮光。

鮑勃再瞧瞧那鋼板處，鋼板也同樣被射穿了一個洞，洞孔處光滑整齊，就如同是用模具澆鑄出來的，而鋼板外，那顆子彈自然不知道飛進了夜空中的哪個地方了。

鮑勃和一眾保鏢都驚得目瞪口呆，沒想到周宣還有這種能力，也不知道他是用什麼工具把這些子彈改造得這麼厲害的。

從子彈上面看，當真是看不出半點不同處，但如今，經過鮑勃的現場試驗後，他們才明白手中的這些子彈有多麼珍貴了。

要是白天有這些子彈在手，那些野獸，只怕就給打死得有不知道多少了。

看到實際的威力過後，所有人都把分到手的子彈小心攜帶好。

這時候可真不敢隨便亂放了，有這麼強勁殺傷力的子彈，無論如何都不能輕易浪費掉，他們心中都明白，在這種危險的地方，有殺傷力的武器才是最能救他們的命的。

鮑勃心想，還真是讓這個周宣來對了，要不是有他，這一船人只怕已經死過幾次了。而

現在，他居然又做出了這麼神奇的穿甲子彈，真想不通，這個年輕的東方男子身上，還有些什麼樣的秘密？

周宣著實累了，再也運不起力氣來恢復能量，歪倒在毯子上就睡了過去。這個時候，哪怕危險到了頭上，他也不願意醒過來了。

周宣在房裡躺下睡了，魏海洪便悄悄地出來。他看得出來，周宣已經疲累到了極點，讓他好好休息一下。

鮑勃從魏海洪的噓聲動作中便知道，周宣睡了，當即命令保鏢們分散開來，在外邊築起防禦工事，然後再挑出一部分精幹有經驗的船員來助守，讓他們幫助緊盯著船外的動靜，以便保鏢們得到足夠的休息。

這個時候有了超級強勁的子彈，鮑勃和眾保鏢們心裏都踏實得多了，再怎麼說，三十多個保鏢，一槍一隻野獸，那十幾槍下來，也能幹掉數百隻野獸，這些野獸雖然眾多，但也經不起這樣的消耗損失！

把防禦位置安排好，每一個點都準備了五六個人，三個保鏢，再加上三個船員，一共十二個點，還剩下約有一半的船員們則在大廳中休息，等到別的船員疲累的時候再調換。

而在外面防守的人，也是同樣難熬。雖說手中握有了超級強勁、極具殺傷力的武器，但心裏還是怔忡得很，誰也不知道這些子彈是不是真的就對那些野獸有作用。

畢竟這些野獸太異常了，而且這個孤島本就不能以常理論，他們經歷了無數危險，幾十年的經歷，可從來沒有遇到過這麼奇怪的事。

不過，這一晚守到十二點左右，都沒見有動靜，而協助的船員們，一個個眼睛都瞪得紅腫不堪，他們一直在用夜視儀警戒著，沒有動靜，然後換另一批船員過來警戒。

這些新換上的船員，雖說是在廳裏休息過的，但同樣也有些疲累，在這種情況下，哪怕睡在那兒不動，但腦子裏根本就靜不下來，又談何休息？

鮑勃和查理斯以及魏海洪三個人也在這些防禦點巡視，以防有人睡著了漏掉，不過那些保鏢船員都很盡責，畢竟這也是對他們自己的生命負責，馬虎不得。

海風吹拂過，有些微的涼意，時間到了凌晨四點，再過一個多小時，天就會亮了，只要天亮了，也就容易防守些，也可以說安全度要大多了。

現在想來，今天晚上，那些野獸可能不會來襲擊了。

就在這樣想著時，忽然問有個船員驚詫低聲叫道：

「來……來了……」

他的聲音是通過通訊器發出來的，十二點中的人員幾乎全部都彈了起來，睡意立時消失

得乾乾淨淨，紛紛湊到夜視儀上觀察。

果然，在夜視儀中，叢林邊沿閃出了數百隻黑乎乎的身影，一雙雙閃著幽光的獸眼分外嚇人！

鮑勃正在艙門處的一個點守候著，一觀察到這個情況，當即沉聲對所有人低聲命令：「各小組注意，各小組注意，瞄準點，聽候我命令，每個組劃分區域，別浪費子彈！」

鮑勃一聲令下後，每個組的保鏢們都端起狙擊步槍，對準了劃分到他們各自區域中的野獸，只等鮑勃的命令傳下來。

那些野獸顯然是有組織的，慢慢逼到船的這個方向，行動中沒有發出一丁點的聲音，沒有一隻嚎叫嘶鳴。

狙擊槍上的儀器顯示，野獸們進入了四百米的範圍，他們的狙擊槍有效射程是三千米，當然，這也得要幾方面的條件，三千米是最高射程，還需要風向，位置，以及高強度的子彈，缺一不可。

不過，現在子彈應該是沒有任何問題了，其實就是普通子彈，一千米的距離也是沒有問題，當然，狙擊槍只是死物，槍支再好，還是得靠人，只有人的槍法達到了那個程度，才能被稱爲神槍手。沒有誰會把一支槍稱爲神槍狙擊槍，只有神槍手，是沒有神槍的。

鮑勃一直是神經高度緊張地盯著那些野獸，這些野獸的行動速度很緩慢，主要是不想弄出響聲出來，這一陣子才前行了二十米不到，三百多米的距離了。

鮑勃手心裏都是汗水，想了想，終於下了命令：

「瞄準……開槍！」

鮑勃命令一下，那些早已經瞄準了野獸等候下命令的保鏢們當即就開槍了，「撲撲撲」地像打穿了汽球的聲音響起，叢林邊悄悄過來的野獸們，在最前面的二三十隻頓時撲倒在地。

從夜視儀中看到，野獸身上有明顯的黑色血液迸射出來，倒在地上後，那些野獸終於忍不住慘呼起來！

鮑勃自下命令後就一直緊盯著，當看到野獸們一中槍便即栽倒在地，有的在哀嚎，有的甚至一動不動，當場就已經斃命，頓時忍不住大聲叫了一聲：

「好！」

子彈有效了，鮑勃興奮得跳了起來，只要武器有了效用，那麼主動權就被掌握到了他們的手中，那就不必要到船下去，也不必到叢林中去尋找新的藏身處所了。

不過，唯一感到害怕的就是那隻最龐大的巨獸，對這些小的野獸，這種改製過的子彈是有效用，但對那隻有如酷斯拉一般龐大的怪獸，也不知道這些狙擊子彈有沒有作用？

三十多名保鏢信心倍增之下也興奮起來，一邊瞄準，一邊又興奮地連續開槍，那數百隻野獸就在幾分鐘內倒下了一大片，哀嚎悲鳴聲中，後面的野獸猶豫了一下，然後潮水般退回到叢林裏。

叢林前的空地上倒下了超過百頭的野獸屍體，其中有一些還沒有死掉，顫動著腿腳慘呼著，很是嚇人。

鮑勃和保鏢們都興奮得直是大叫，也不管露不露形跡，他自己也抓起一把槍，瞄著叢林處閃動的野獸身影便開起槍來。

看樣子，主動權完全被他們控制住了，不由得不興奮。

鮑勃甚至恨不得跑到船下的空地上去拖幾頭野獸屍體，然後，就像當初到這個地方的時候那樣殺豬烤肉，來個燒烤大會！

既然暫時走不出去這個神秘的島嶼，但也要過得開心暢意吧。

就在這個時候，驀然間一聲驚天動地的大叫，有如打雷一般，讓整個島嶼似乎都顫動了起來！

在睡夢中的周宣也被驚醒，彈身坐起來，心道不好，那頭巨大的野獸出來了！

鮑勃和一眾保鏢船員也都嚇了一跳，叢林中，一個巨大的身影縱躍出來，正是那隻龐然大物，嘴裏發出雷聲般的怒吼聲，一邊又邁開腳步快速往遊艇這邊奔過來，看來是想把船和船上的人都撕咬成碎片，才能洩牠的心頭之恨。

看來這頭怪獸在這座島嶼上就是一個獨霸的皇帝，讓別的物種奪去了牠的統治權，肯定是不會善罷干休了，更何況，牠本來就跟這船上的人類不共戴天。

鮑勃心都提到了喉嚨口，那龐大怪獸的腳步聲「咚咚咚」的直是響，似乎把他們的心臟都踩得生疼，再瞧了瞧其他的保鏢和船員，也都腳手發顫，似乎是發一聲喊，就會轉身逃竄。

周宣這時候從船艙裏跑出來，大聲叫道：

「開槍，開槍！」

鮑勃和一眾保鏢如夢驚醒，趕緊朝著那急奔過來的龐大怪獸開槍。

槍聲中，異化子彈射擊在那怪獸身上，撲撲撲地射在表層處，有血液迸射出來，但看到那怪獸的步子卻是絲毫不曾鬆懈慢下來，就知道這些子彈雖然能射傷牠，但卻是不致命，有可能是因為子彈太小了，牠的身體太龐大，子彈雖然經過異化，但卻依然不能把牠打死！

周宣竄到船艙口，急速提起自己殘餘的能量，那怪獸已經奔跑到一百米以內了。

周宣想也不想地就運起太陽烈焰能量，把溫度提升到他能提升至的高度，然後全數逼到那龐大怪獸的前腿上。

眼看著那怪獸前腿燃燒起火花，怪獸更加怒吼起來，但腳步不停，急速衝過來。

周宣眼前一黑，能量支撐不住，張口噴出了一口鮮血。因爲異化子彈已經耗盡了他的功力，這會兒強行提起殘餘的功力，已經是透支到極限。

那怪獸的前腿給高溫燒得皮都焦了一層，但憤怒之極的牠強忍著奔馳衝過來，剛好周宣再也支持不住了，壓力一鬆，任憑子彈射在牠身上，幾個大踏步衝到船邊上，然後張開大嘴用力狠狠一咬，「喀嚓」一聲巨響，船舷就給咬破了一道七八米寬的大口子，任它鋼鐵的身板，都禁不住怪獸的一咬，然後再一聲怒吼，怪獸一縱身，跳到了甲板上。

整個船身劇烈的顫動了一下，這時候，船上的保鏢們已經顧不得再向怪獸開槍了，紛紛四散奔逃，怪獸抬起大腿四處亂踏，大嘴四處亂咬，頃刻間，船艙表面就給怪獸破壞得不成樣子，數十人被牠踩踏而死。

那怪獸瞪大著眼睛四處查探著，在尋找周宣，那個讓牠受了傷的人類，同樣的感覺，這次腿上被燒焦的感覺，自然肯定又是他弄出來的，不把他找出來踏破肚腸，讓他一命歸西，肯定是不能洩心頭之恨的。

不過，在黑夜中，船上給牠弄得殘亂不堪，亂七八糟的，到處都是逃竄的人和屍體，牠根本就分不出來，哪個是周宣。

其實，周宣此時就在牠右腳後邊的艙門處。

周宣噴了一口鮮血後，暈了過去，魏海洪趕緊把他拖到壁板後邊，只是艙壁一下子給那怪獸踏破後，看樣子那怪獸是不想離開，誓要把船身破壞成渣，把船上的人全部殺死才會甘休。

這個時候，不用想，魏海洪就知道，繼續留在船上是最危險不過的事，得趕緊離開船才行，否則就會給憤怒的怪獸踩成肉泥！

那船舷邊離沙灘上有十六七米的高度，跳下去的話，哪怕下面是沙灘，搞不好也是會摔傷的，關鍵是，周宣這個時候又力竭暈過去了，魏海洪有些害怕，擔心跳下去會把周宣摔成重傷，甚至是一個不好把性命送了，那就後悔都來不及了，但現在不跳又不行，那怪獸正到處尋找著他呢。

魏海洪現在雖然慌亂，但好在到處是人在跑動，那怪獸雖然在凶狠暴怒的到處撕咬踩踏，但還是不容易找到周宣，當最後一顆亮著的燈光也被它踩滅後，整艘船就變得漆黑一片。

魏海洪找了條繩索把周宣綁在了他的背上，然後把另一條繩子繫在船舷上，趁亂時用力爬過船舷往下滑去，因爲沒有保險扣，兩個人的重量全靠他的手支撐，下滑的時候，狠命地把繩索抓住了，繩索在手中將肉皮勒破，鮮血淋漓，不過魏海洪依然不敢鬆手，因爲只要他

一鬆手，兩個人就會摔下去。

直到雙腳落到地上後，魏海洪這才鬆開手，只覺得一雙手伸縮間就是一陣劇痛，不過這時候，從船上被怪獸撕咬成碎片的鐵板木屑被拋下船來，一個不好便會被砸傷甚至是砸死。

魏海洪顧不得疼痛，趕緊往前方爬過去，幾乎是連滾帶爬的遠離船邊。

第一八九章

世界末日

就在眾人驚詫懷疑之時，那熔池中，
火紅的熔漿如煙花一般爆開了一個點，好像世界末日一般。
在眾人的驚疑之中，從火紅滾燙的熔漿中，
竄出一隻有如小兔子一般的火紅色的動物，扭頭就狂奔逃竄。

這時天色也漸漸亮了起來，很多保鏢船員都跳下船來，直往叢林的方向逃去。

不過，在叢林的方向又有許多野獸奔了出來，那是因爲見到大怪獸在船上大發神威，將船和船上的人都破壞踩踏，算是給牠們出了一口怨氣，這個時候不衝出來發洩，又更待何時！

但是跳下船衝在最前面的幾十個人，又大多是那些保鏢，即使是逃走的時候，也還是帶著槍枝和彈藥的，尤其是周宣分發給他們的那些異化彈，這時一見到野獸又從叢林中衝了出來，生死交關的緊要關頭，當即端槍就射。

對他們來講，即使有些慌亂，但槍法的準度仍然在，周宣分發下來的異化子彈可是有三千多發，最開始他們射出去損耗的子彈還不到五百發，剩下的子彈還多，所以這時候盡可以使用，一排子彈射出去，立時就倒下二三十頭野獸，再拉槍栓扣扳機，又是幾十頭野獸倒下。

平均有三十個人的精準射擊，數百米的距離，射擊也很精準，一槍一個，不到三十秒，便射倒五六百頭，剩下不多的野獸發一聲喊，又逃回了叢林中。

這些保鏢都是狙擊熟手，不說是頂尖的高手，但也不差，算得上頂尖的人物也有，熟練的高手，一槍與另一槍的射擊，間隔時間不會超過一秒，射擊瞄準全憑感覺，就是這種感覺，幾乎就是百發百中，這就是神槍手的第六感了。

而其他跳下逃走的船員們，也是拿著武器對著野獸們掃射，不過，他們的子彈對野獸沒有威脅。

那船上的大怪獸一見到這個場景，又是怒吼一聲，猛然一躍，跳下船來，大踏步向船員保鏢們追過來，這一下可把眾人嚇得魂飛魄散，驚呼著四散奔逃。

面對這頭龐然大物，即使他們有異化的子彈也無可奈何，異化子彈也穿不透射不死這頭大怪獸，對牠來講，這些子彈只不過是叢林中的荊棘，只能劃傷牠的表層皮膚而已。

跑得慢一些的船員，立馬就給那大怪獸踏成了肉泥，連慘叫的聲音都沒來得及發出來，就一命嗚呼了。

魏海洪也嚇得趕緊逃竄，不過背上的周宣卻在低聲的叫著魏海洪：

「洪哥，別跑，趕緊把地上那個火箭筒拿起來射那怪獸！」

魏海洪一怔，周宣醒了是好事，他一醒，哪怕還受著傷，魏海洪也放下心來，心中鎮定不少，瞧了瞧身旁，果然有一條被誰遺落的火箭筒發射器，還有三發炮彈，不禁一喜。

他在大哥魏海峰的部隊軍營中待過，試過不少的武器，這種肩扛式的火箭筒也用過，但是並不熟練，這樣的話，可能就沒有準頭了。

不過這時候也容不得細想了，魏海洪當即抓起火箭筒，又拿起一發炮彈，把火箭筒扛在肩上，然後瞄準大怪獸，將炮彈從火箭筒前口放了進去。

三發炮彈都是經過周宣用異能異化過了，只是經過異化的火箭筒炮彈會有什麼樣的威力，就是周宣自己也不知道，因爲他從來沒有異化過手槍和步槍子彈以外的子彈，炮彈就更沒有製作過了。

只是魏海洪的準頭實在太差了，這一發炮彈明明是瞄準過的，但發射出去後，卻落在了大怪獸十數米以外的地方，「轟」的一聲，把沙灘炸了一個大坑出來，對大怪獸卻是沒有半點傷害。

那大怪獸一呆，側過頭來就看到了魏海洪和他背著的周宣兩個人，當即怒吼一聲，大踏步奔了過來。

魏海洪頓時慌亂起來，扛著火箭筒瞄著大怪獸的方向，但扣了幾次，都沒能夠把炮彈扣起來，眼看大怪獸越來越近，魏海洪越慌就越扣不到炮彈。

周宣趕緊運起異能來截堵大怪獸，但剛剛異化炮彈時，已經把最後一絲異能都用盡了。本身已經受了重傷，異能損耗殆盡，這時候再怎麼用力也提不起半分來，眼見大怪獸往這邊怒吼著奔馳過來，不禁心裏嘆息著完了！

但就在此時，斜刺裏跳出來一個人，順手把魏海洪手中的火箭筒抓過去，又一手抓起了一發炮彈，打開火箭筒上面的瞄準尺規，雖然情況危急，但他卻是不慌不忙，顯然極有經驗。

那大怪獸一步十數米，眼看就要到了跟前，那個人才將炮彈放進去，「嗖」的一下，那炮彈一射出，居然很準地就射在了那大怪獸的下半身。

「轟」的一聲大響，大怪獸一條粗如黃缸的大腿，被這一發炮彈炸得只剩下一片皮肉掛著，正在奮力前衝的身體突然失去重心，一條腿懸空，剩下兩條腿支撐不住身體的重量，「叭噠」一聲就撲倒在了沙灘中，一個大頭將沙灘衝擊出一個大坑來！

這邊幾個人都呆了一下，然後猛然大聲歡呼起來：「好！」

但那大怪獸狂怒之極，雖然沒有了一條腿，但憤怒之極的心態讓牠又爬起身，瞪著大眼又朝魏海洪這邊蹦跳著竄來！

魏海洪猛然醒悟，趕緊催著旁邊那個發射火箭筒的人道：

「快快快，再射牠一彈，瞄準一些！」

那個人不用魏海洪催，當即撿起地上最後一發炮彈，然後瞄準著大怪獸，因爲大怪獸受了重傷，少了一條腿，雖然很憤怒，但動作卻是慢了許多，那個人瞄準著，這一次瞄得更準了些，然後才把最後一發炮彈放進火箭筒裏。

魏海洪和周宣以及更多的人都在緊盯著他，盯著他這一發炮彈，那發炮彈在眾人眼中彈射出來，「嗖」的一下直射進了那怪獸大張著的嘴巴裏，又剛好將大嘴合上來。

魏海洪緊張得都把嘴唇咬出了一道血痕，心裏直擔心著，真怕那大怪獸把炮彈咬到失去效用，但就在兩秒鐘之後，一聲極爲沉悶的響聲響起，那大怪獸的一顆大頭被炸得四分五裂，剩下一個龐大的身體又向前再竄了十幾米遠才倒下，然後腳彈動了幾下，就再沒有一點動靜了。

這個時間中，長長的沙灘中，數十個劫後餘生的人都呆了起來，本來又是亂槍，又是驚恐的叫聲，又是受傷的慘叫聲，但都在這一刻停了下來，偌大的一個沙灘上，就這麼安靜下來！

不過，這種安靜只停了五秒鐘，然後就爆發出震天般的歡呼聲，所有人都往這個方向急奔過來，衝過來後，七八個人就把那個發射炮彈的人抬起來一下子拋到空中，落下來接住了再拋上去，樂不可支！

魏海洪和周宣這時才瞧著那個被眾人抬起來拋著的人，才發現竟然是路易士，那個跟周宣最開始起衝突的絡腮鬍，沒想到，竟然是他在最危急的時候救了所有人！

不過，當眾人興奮的急拋時，路易士趕緊叫道：

「別拋了別拋了，要謝的人是周先生不是我，是周先生！」

眾人一呆，把路易士放了下來。

路易士一落下地便即說道：

「這火箭筒的炮彈是被周先生改造過的，所以才能把大怪獸炸死！我想大家也明白，這個炮彈如果沒有經過周先生的改造的話，就只能給大怪獸搔癢了，又哪裡能夠把牠炸死！」

眾人這才明白，也知道周宣確實能力出眾，不是他們能想像的，路易士這麼說倒也是合理，並不是胡說，其實這也只是路易士猜的，不過卻是猜對了。

而周宣也沒有出聲說明，那意思其實就是默認了。

魏海洪這時候已經完全放鬆下來，然後才意識到還將周宣背在身上，趕緊把身上的繩子解開，把周宣放下來。

這時候，圍聚過來的人又清點了一下剩餘的人手，又到船上清查了一下，殘餘下來還活著的人，還有七十二人，船上原來的人數幾乎損失了一半！

一百多個人在野獸的攻擊下，還剩下七十二個人，損失可謂是慘重，但劫後餘生的人卻是都在歡喜著，只因為對他們威脅最大的超級怪獸已經給炸死了，算得上是解除了最大的危險。

不過，周宣卻是樂不起來。島上還有沒有別的巨獸，還是個未知數。而且，他也沒有恢復自己的能力，這才是最關鍵的。

都是那該死的能量罩，讓他得不到太陽光能量的正常吸收，所以也不能離開這個神秘島

嶼，要想離開這裏，只有等到他能得到正常的太陽能量的時候了。可是現在，他就沒有能力出得了那個防護的能量罩，出不去又何談得到正常的太陽光能？

看到眾人幾乎都在沙灘上歡呼歌唱，魏海洪關注地看著周宣。見周宣雖然無法動彈，但眉頭緊皺著，顯然表情並不輕鬆，當即心中一緊，湊過身悄悄問道：「周宣，有什麼問題？」

周宣身體虛弱，能量耗損殆盡，便是動一下都很困難，喘了幾口氣，然後才對魏海洪說道：「洪哥，我覺得沒那麼簡單，這島上的危險恐怕還不止此！」

魏海洪嚇了一跳，趕緊問道：

「真的嗎？」

就是現在這些野獸，便已經讓魏海洪覺得很恐怖了，那頭有著超強破壞和殺傷力的巨獸給炸死了，總算讓他們放了一個大心，但現在周宣竟說危險還不止此，那就很難讓人歡快起來了。

周宣嘆息了一聲，然後回答道：

「洪哥，我不能確定，但我心裏的感覺是，這個島上肯定不止這些怪獸，估計還會有更加危險的事發生，要是我衝不出這個島的能量罩，就沒辦法逃出去，沒辦法放得下心！」

魏海洪愣了愣，然後安慰道：

「別想那麼多了，都說車到山前必有路，走一步算一步吧，別看眼前有困難，興許轉個彎就是個機會呢！」

周宣苦笑了笑，說道：「但願吧！」

遊艇已經被巨獸破壞得不成樣子，損毀嚴重，即使能量罩消失，船也沒辦法開到海上去了。周宣估計著，現在也只有讓異能恢復這一條路可走了。

除了飛行，他根本就不可能離得開這個地方，當真恢復了飛行能力的話，周宣就得考慮救了魏海洪之後，還要不要再救其他人。

遊艇損毀嚴重，所有船員保鏢都不回船上了，取了睡袋被子帳篷等等，到叢林外的空地上搭建起來，一部分人又挑了些野獸肉，剝皮清洗後燒烤。

被射死的野獸實在太多了，根本就吃不完。周宣看著那一大堆的野獸屍體，不禁直是搖頭，然後嘆息著練起功來。

太陽光的能量吸收微弱，練功恢復也有效用，只是會慢一些，但總會好過沒有。

半個小時後，肉香陣陣，魏海洪正想過去拿點烤肉過來給周宣吃，卻見路易士和法斯兩個人提著兩條烤得金黃滴油的大腿笑呵呵奔過來。

到了近前，路易士用匕首把大腿肉剔下來，遞給周宣和魏海洪吃，一邊又說道：

「周先生，吃吧，我試過，烤得很透，味道不錯。」

周宣笑笑，接過來吃了一口，還真是不錯，吃了幾口，然後又問道：

「路易士，你不恨我嗎？」

「恨？」路易士怔了一下，詫道：「我為什麼要恨你？難道就因為當初周先生教訓了我一下？呵呵呵……」

路易士坦然笑了起來，然後說道：

「我還得謝謝周先生的教訓呢，我想通了，只有尊重別人，自已也才能得到別人的尊重。如果不是在周先生這裏得到教訓，那說不定在別人手中就會付出生命的代價了，再說，我想我們這些能活下來的人，都得感謝周先生，如果沒有你，大家肯定都死了，一個都活不了！」

周宣也不禁愕然一下，想了想才問道：

「你怎麼會覺得這是因為我？為什麼會這麼想？」

路易士笑笑道：「周先生，雖然你不說，我也明白，而且我絕不會追問你，因為我覺得，周先生是一個擁有特殊能力的人，別的都不說，就說那些特製的子彈吧。第一次那些步槍子彈的改製，我沒有見到；但第二次，也就是炸死那大怪獸的火箭筒時，三顆炮彈我可是看得清清楚楚的，當時我就在周先生不遠的地方，那三顆炮彈是周先生隨手拾起來的，其中的過程根本就沒有任何的特殊動作，但炮彈又肯定被改造過了，所以才能炸得死大怪獸。從這一點我就知道，周先生是個真正有特殊本領的人，我們能夠幸運的生存下來，那都是因爲周先生的原因！」

周宣怔了怔，沒想到路易士還有這種想法和眼光，倒是小瞧了他，想了想，然後又苦笑著說道：

「嘿嘿，就算我有些特別的本事吧，但那還得靠你精準的發射火箭筒的技術，再說了，有什麼本事都沒有用了，我們都逃不出這個島去，只怕會終老這個神秘的孤島吧！」

路易士呵呵笑道：

「管他呢，像我們這種刀頭舔血的人，哪一天不是生活在危險之中？每一天清晨醒過來，如果還能呼吸新鮮空氣，那就是老天爺讓我們再多活了一天，對於我們來說，只要還能吃肉喝酒，那就是心情愉快的，至於明天會怎麼樣，我們從來不去想它！」

周宣呵呵一笑，路易士這種人活得當真瀟脫，可惜他辦不到，他會想念妻兒，想念父母，想念親人，沒有辦法放得下，沒有辦法那麼瀟脫！

法斯在這個時候又提了幾瓶酒過來，跟著過來的還有鮑勃和查理斯，劫後餘生，又還活著的喜悅情不自禁。

這一晚，七十二個人盡皆在帳篷裏過了一夜，晚上還輪流守夜值班，一夜無事。

天明後，鮑勃說道：

「看來這個島上的危險動物是不足以慮了，想必那個大怪獸是獨一無二的，要是還有危險的話，昨晚就應該出現。而且，我們損失了遊艇後，在岸邊的空地上是最不好防守的，要是有危險的話，牠們就應該趁這個機會來。牠們沒來，那就說明沒有什麼大危險了，剩下的那些小野獸，對於普通人來講，還是有很大的危害性，但我們有周先生改造過的子彈，來一個殺一個，不足以憂慮了！」

鮑勃這麼說，其他人當然也這麼想了。

接下來的時間中，眾人又一起商量了今後該怎麼辦，商量的結果，就只能是先在島上探測，把島的秘密查探明白，出不去就只能打算著長住，既然長住的話，就得考慮長住的準備。

遊艇雖然損毀嚴重，但遊輪上的補給還能維持數天，糧食還足夠，只是淡水嚴重不足，得在島上尋找。所以，商議的結果就是，大家分成兩部分，一部分在原地守候，看守住遊輪，別讓野獸去破壞糧食等等。

船上還有一大批上品紅酒，這在孤島上可是絕品的寶貝，喝一瓶便少一瓶了。

七十二個人分成了兩批，各自有三十六個人，留守的三十二個人當中，查理斯被商議留守，鮑勃跟魏海洪和周宣等二十二個人則到島上查探，而路易士和法斯跟隨在出去的隊伍當中。

這兩批人，其實也沒有硬性規定，最先還是看大家各自的意思，願意留下來就留下來，願意出去就出去。經過了這麼多危險，船員中的人基本上選擇留下來，而出去的人，大部分都是那些保鏢。

這些保鏢其實心裏跟明鏡一樣，只有跟著周宣在一起，才是最安全的事，如果選擇留下來，就算那些剩餘的野獸跑出來，他們也難以對付。

不過，周宣也想到了這一層，還是讓保鏢們把大部分的異化子彈留給他們，經過前面的瘋狂獵殺野獸後，剩下已經不到一半的數量了，給他們留的子彈差不多有兩千發，足夠用了。

而周宣一行人當中，異化子彈已經不足兩百發，嚴重缺少，但那些保鏢見周宣無所謂的樣子，也就知道他有對策，無需擔心。

周宣只是讓他們帶夠子彈，每個人都儘量多帶一些，以備他後面能量恢復一些後用來異化。在叢林中，有異化過的子彈，那也是一種極強的保障。

周宣吃過野獸大腿肉後，又練習了一夜的呼吸，恢復了一成功力。

雖然不足夠，但要異化一些子彈還不是難事，但他並沒有當場使用，而是選擇先保留，

等恢復得強一些，再對付途中有可能發生的危險。

出去的三十二個人又帶了一些食物以及野獸肉。

這個孤島看起來不很大，但在這樣的島上，行動卻是極爲不方便，沒有人類生存的地方，要想暢快的行動，顯然是不現實的。

差不多用了一天多的時間，周宣等人才翻過了一座小山，當翻過山頭的那一刹那，周宣眼看著面前的情景，不禁怔了起來。

其他人也都被眼前的情形驚得發起呆來！

山頭的那一邊，也是島的中央部位，是一座活的活山，只是熔漿沒有噴發，圓環形的地形中間，凹陷下去的部位中，火紅色的熔漿翻滾蒸騰，就像是一口大鍋裏燒得滾燙的油一般。

由於沒有猛烈的噴發，所以上空也沒有火山灰以及煙霧等等，在山下的海岸邊也就不得而知了。

眾人都怔了起來，要是這個樣子，又怎麼隱藏行蹤？而且從這地形看來，沒有直接能看到的溪水河流湖泊，遊輪上的飲用淡水已經即將耗盡，要是在島上找不到飲用水的話，生存就是一個大問題了。

「那邊，你們看，那邊……」路易士忽然指著熔漿的另一邊急說著。

眾人隨著他的手看過去，在熔漿池西面的五六百米處，有一個數百米寬大的水池，臨近熔漿池的那一邊，水泊中的水便如噴泉似的往上空噴出，但水霧蒸氣就說明，那並不是噴泉，而是地下的熱度把水燒開了而翻滾的。

那水泊中的水肯定很燙了，而離熔漿池遠些的另一邊數百米長的水岸上，那水估計還是有些燙，但岸邊有無數的動物奔馳跑動，在岸邊搶喝著水，但同時又驚恐地望著熔池的那一面，似乎在害怕恐懼著什麼。

這個奇景讓眾人都不禁詫異起來，那些動物中，絕大部分是眾人見過的，就是去襲擊他們的那些動物。

鮑勃看了一陣，然後說道：

「這些動物在這個水池中搶水喝，這可以斷定，這個水池有可能就是這島上唯一的淡水來源，從水翻滾的樣子就可以估計到，這水泊中的水溫並不低，但這些動物還要搶著去喝，看來實在是忍受不住了，難道這裏還會有什麼危險嗎？是不是有大怪獸一樣的動物？」

就在眾人驚詫懷疑之時，那熔池中火紅的熔漿如煙花一般爆開了一個點，而那些動物就在這時也是驚恐地嚎叫了一聲，扭頭就狂奔逃竄，好像世界末日一般的情形。

就在眾人的驚疑之中，那熔池中爆開的一個點中，從火紅滾燙的熔漿中，竄出一隻有如

小兔子一般的火紅色的動物，這動物動作奇快，從熔漿中竄出來，就直奔向水泊岸邊的動物而去。

那些動物個頭比這個動物大得多了，但卻都如老鼠見到貓一般，驚慌失措，紛紛慌亂逃竄。

追上了野獸們以後，那小動物張口就噴出一朵火焰，火焰立時把野獸圍起來，野獸頓時哀鳴一聲，全身在刹那之間就化爲一縷煙霧，那火紅的小動物趕緊用鼻子深深一吸，將那煙霧吸進腹中，似乎很享受一般！

那些去喝水的野獸只要被那小動物噴出的火焰一圍住，便再也沒有活路，不過，逃竄出水泊外的動物卻也並不逃遠，就在林子邊沿停下來看著。

雖然對那小動物害怕之極，但那些野獸卻是不再逃遠，而那火紅的小動物也只是在水泊邊追趕，無論如何，也不離開水泊一步，吸食了一些野獸煙霧之後，便即又回返到熔池邊，縱身躍入了熔池中，熔池上面鼓了兩個泡，便再也沒有動靜了。

周宣驚詫不已，更是奇怪，從沒有見過這種動物，而且也想像不到，在熔漿數千度的高溫中，怎麼還可能有生物能生存？

再看看其他人，無一不是跟他一樣的驚奇。

看來事情很明顯了，這個島嶼上面，能供人畜飲用的淡水，就只有這個熔漿噴燒的水泊了，邊上的水溫雖燙，但這是唯一的飲用水，那些野獸也只能選擇來喝這個水，就跟人類喝燒過的開水一樣，要習慣喝開水了。

不過，那個從熔漿裏跳出來的小動物，卻是他們最危險的存在，但那個危險又致命的小動物顯然不會離開水泊半步，所以對野獸們的威脅有限，但只要來到這個水泊喝水解渴，那就要面臨牠的威脅。

鮑勃和魏海洪愣了起來，再看看其他人，也都發起呆來，如果這真是唯一能飲用的水源，那他們又如何去取？

恐怕也要如同這些野獸一般，冒險到水池邊去取水了，不過，看那熔漿中的小動物出來得並不頻繁，也不是沒有機會，只要抓緊時間把水袋裝滿，再逃出水泊邊，一旦離開水泊以外的區域，那小怪獸的威脅就沒了。

只是現在還不確定那小怪獸是不能越過水泊池子以外的地方呢，還是牠自己不願意而已，如果不能確定的話，要是那小怪獸一發怒，說不定就會越過水泊線以外，那他們的危險就大了，要說行動的速度，他們無論如何都不可能比得上的。

眾人交談商議起來，估計水源就只有這一個地方了，否則那些野獸又怎麼全都冒死來這個地方喝水？

只有周宣一個人在沉吟猶豫著，不知道為什麼，他好像覺得那熔池中的小怪獸對他有著無比的吸引力，但又說不出來為什麼，只是覺得自己與牠說不定有某種關聯。

但周宣也不想就此去以身涉險，那小動物的危險是致命的，不比別的危險，熔漿的高溫是一切動物都無法抵擋的，周宣雖然擁有太陽烈焰的能力，但卻不敢以身去試探那小怪獸的能力，所以現在在猶豫著，要怎麼才能夠安全取到水。

猶豫了一陣後，周宣瞧了瞧眾人，說道：

「大家也看到了，其實不用我解釋，想必大家也都明白，這個島上的可供飲用的淡水，就只有這個熔漿旁邊的水池了，如果我們短時間逃不出這個海島，那就只能在這兒生存，要生存的話，就得在這兒裝淡水，我們想要想取到水源的話，就只能在那兒與小怪獸爭搶中得到水了！」

來的三十六個人都發起呆來，要想與那隻熔漿小怪獸搶淡水，就得冒生命危險了。

周宣看著眾人都發著呆，猶豫著，想了想，忽然說道：

「看來必須得到那個水池邊去一冒險境了，我看不如先挑幾個人去試探一下，看看能不能打到水，只要水袋裝滿，咱們立即啓程返回。」

周宣說了這些話後，人群中都安靜下來，大家都是有眼睛的，都看到了剛才發生的情形，要下去到那水池邊取水，就有可能把性命丟掉，這當然是誰都不想去的。

周宣看了看眾人，嘆息了一聲，然後說道：

「其實我沒有說完，人選不用挑，全憑大家自己願意與否，我只是想說，這個險，無論如何都得冒，沒有水喝，大家一樣面臨死亡的威脅，這樣吧，我也不想例外，我第一個表態，我去取水，有誰願意跟我一起去的？」

眾人又是一怔，沒料到周宣竟然這麼奮不顧身，雖說他能力出眾，甚至是很神奇，但在眾人眼中看來，那也是無法與這熔漿中的小怪獸相抗，遇到牠，只怕是誰都難逃一死！

既然周宣都表態了，作爲一個世界級的超級富豪，又是老闆之一，一般來說，是不會選擇首先涉險的，看看鮑勃和查理斯吧，這兩個老闆就絕不會主動要求涉險，除非是情非得已的時候，而這個險，顯然又是太危險了。

這個時候，那些野獸又陸續返回到水池邊上，一邊注視著熔漿那邊的動靜，一邊趕緊喝水，只是水溫頗高，想要一下子就喝得夠，解了渴，卻是不那麼容易，只能一小口一小口喝。

但要是這樣喝的話，速度就不可能快得起來，只要一耽擱，那就又有可能與熔漿中的小怪獸照面了。

周宣決定下來後，首先取了兩個水袋，然後瞧了瞧眾人，看看有誰願意跟他去，他就算

再勇敢，也不可能一個人取到七十多個人喝水的量。

眾人你瞧我我瞧你的樣子，好半晌，魏海洪見周宣說了後，卻是沒有人附合，不禁一惱，當即站了出來，喝道：

「誰都怕死，難道我兄弟就不是人了？該他來冒險取水養活你們？嘿嘿嘿，你們不去，我去！」

說著，魏海洪也取了兩條水袋，然後跟周宣走到了另一邊，回過頭來盯著眾人直是冷笑。

在場的人都知道，如果不是周宣救他們的話，誰也活不到今天，而現在周宣還是選擇了出面冒險，這些人的表情一時都訕訕然起來，低了頭遮掩著。

魏海洪一選擇跟隨周宣後，當即又有路易士、法斯選擇站了出來，他們兩個人純粹是對周宣個人的擁護。

周宣感激的瞧了瞧路易士兩個人，笑笑道：

「謝謝，路易士，我想你也應該明白，這個取水的行動，是要冒生命危險的，大家去與不去，全憑自願！」

路易士和法斯站出來後，接著又有六個人站了出來，選擇與周宣一起去冒這個險，這六個人全都是雇傭軍保鏢，沒有一個船員，看來敢冒險和富有冒險精神的，也就是這些經驗豐富的傭兵，那些船員還是沒那個膽量！

周宣見有七八個人要跟他過去，點了點頭，本來他不放心魏海洪也跟著去，但此時要讓魏海洪不跟著過去的話，也不方便說出來，其他人要是覺得周宣帶他們冒險，還要分親疏的話，心裏自然不好受。

這些人，都是在刀頭上舔血的人，心狠手辣，但同樣也可以爲了尊敬的人拋灑熱血。決定好以後，每個人背了兩個水袋子，沿著山路下去。

那些野獸此刻見了周宣等人，沒有靠近過來，但也不退開，顯然都被乾渴逼到了緊要處，實在受不了，否則不會冒著如此危險的情形還要去喝那個燙嘴的水。

那個熔漿池子中沒有什麼動靜後，那些野獸一聲不出地又奔向水池邊上喝水。

爲了不引起熔漿中的怪獸警覺，這些野獸居然一點聲音都沒有發出來。

周宣一揮手，九個人背著袋子提著槍直衝過去，到了水池邊，與那些野獸稍隔開了些距離，互不相擾。

周宣等人眼看著水池中的水還冒著騰騰熱氣，便伸手在水面上試了一下水溫，有些燙，但也不是完全受不了的程度，大約在五十到六十度之間，還能承受，當即把袋子取下來，然後放進水池中裝水。

只是他們的動靜就大得多了，把水弄出了一些浪紋，隨同響聲發出，一下子之間，那些

野獸都驚得抬頭盯著熔池中，見熔池岩漿中沒有動靜，這才放心了些，但對那個怪獸的驚恐之心，卻是顯露無遺。

周宣等人也隨著那些野獸的目光瞧向熔岩池子中，見沒有事後，這才又開始裝水，用皮袋子在水池中裝水，要完全沒有動靜那也是不可能的。

這與野獸們伸嘴喝水不同，喝水可以不弄出聲響動靜來，但裝水就絕對會有響動。不過也沒有辦法，只能搶時間，裝好水後，如果能在那怪獸出來之前撤退的話，那就能全身而退。因爲，那怪獸雖然可怕，但牠明顯不會離開熔池和水池的區域之外，只要能在牠出現之後迅速逃離水池邊，便不會有危險。

但事實自然不會如他們所想的那般，或許也是因爲他們裝水的動靜太大了，所以一袋水還沒有裝滿，熔池便鼓起泡來！一眾野獸頓時驚恐地轉身就狂奔逃竄。

周宣不敢賭這一下，趕緊催著道：

「先逃走，把水袋放在原地！」

說著，拖起魏海洪轉身就跑。

路易士等人自然不敢停留，那怪獸的恐怖之處不用別人解釋，眾人都是親眼所見的。熔池中驀地爆炸起五六個火紅色的熔漿花朵，接著從花朵中竄出來六隻小怪獸，形體雖小，但行動卻是迅捷無比。路易士等人都是「啊喲」一聲大叫，誰都沒料到，這一下從熔漿裏出來的怪獸居然有六隻之多。

原以爲這東西跟最開始在島上見到的那巨大怪獸一般，只有一個，但此時忽然竄出來六隻之多，把眾人嚇得魂都掉了。

在奔逃中，人的速度就算再快，也比不上野獸的四條腿。在水池岸上，野獸們一逃竄，頓時把周宣等九個人遠遠拋在了後面。

九個人之中，以魏海洪一個人的體質最差，爆發力也比不上那些經常經歷危險的保鏢們，所以落在了最後面。而周宣雖然快一些，但拖著魏海洪也跑不快，沒幾下就被那六隻怪獸追上了！

在遠處的半坡上，鮑勃等人也都驚得呆了，雖然周宣一直在他們面前表現得神奇無比，但也不可能鬥得過這些在熔漿中生存的怪獸啊，是人都知道，這地底熔漿可是地球上破壞力最強大的自然災害，火山爆發引起的一系列後果，對人類都是毀滅性的。

而他們則是做夢都想不到，這世界上居然還有能在熔漿中生存的生物！

第一九〇章

世外桃源

周宣的家人朋友們，幾乎願意到聖米諾塔島來居住的都來了，
包括李麗的父母、王欣的父母，還有那些保鏢的親人。
周宣一切都接納，在聖米諾塔島，
就等於是周氏全球財團的總部，是一個舒心的世外桃源。

鮑勃等人也都把心提到了喉嚨中，無論如何，他們可不想周宣在這裏喪命，因爲只有周宣才能給他們帶來最安全的感覺，要是周宣死了，只怕他們就寸步難行了。

但是也沒有辦法，只能眼睜睜地盯著周宣和魏海洪兩個人被那六隻怪獸追上了，但只有兩隻停下來，而其他四隻又快速往前追去。

停下來的兩隻，面對著周宣和魏海洪。在這麼近的距離中，周宣終於把這隻怪獸看了個清楚。

這隻怪獸只有兔子般大小，但形狀跟老鼠一樣，通體就跟燒紅了的鐵塊一般，渾身冒著騰騰的熱浪，一雙眼睛直盯著周宣。

牠很奇怪，什麼動物在見到牠們之後，都是驚恐得不得了，但這個人類卻是很奇怪，居然不逃跑，反而是跟牠對峙著。

周宣把魏海洪一把拉到背後，面對著這兩隻怪獸，也不過兩三秒鐘，那怪獸終於忍不住了，然後噴出火焰來。

火焰帶著能將人熔化的高溫，立即把周宣和魏海洪兩個人包圍起來了。

周宣幾乎不假思索便運起太陽烈焰的功夫，準備把這熱量火焰擋開，但他的身體肌膚忽然間狂烈地吸收起這些火焰的能量來，如同吸收太陽光能一般。

而這些火焰溫度雖然極高，但遠達不到周宣太陽烈焰的高溫，所以對他造不成傷害，而且這些火焰的能量也不夠多，只一瞬間便即被他吸收掉，所以魏海洪並沒有被這些火焰傷到。

而追上前的四隻怪獸，已經把跑在後面的三個人追到了，其中一個就是路易士。四隻怪獸更不多待，嘴一張就要噴火，而三個人逃不掉了，便立即把槍端著就朝這四隻怪獸猛烈開槍。

不過子彈似乎對牠們毫無影響，射到牠們身上便即熔化爲蒸汽！

周宣在猛然吸收了這些火焰的能量後，身體中的力量忽然增強了數十倍，雖然還遠達不到能飛行的境界，但也比目前的能量強大了許多，這些火焰的能量遠比他吸收到的微弱太陽光能強大。

把身子一弓，周宣抓著魏海洪猛然一彈身，便即以肉眼看不到的速度彈跳到路易士跟前。路易士在這個時候已經覺得他面臨死亡了，一切的能力在這些怪獸面前都沒有作用，他們只能被怪獸的火焰吞噬掉了。

周宣迅速彈跳過來後，他們並沒有察覺，因爲速度太快，而那四隻怪獸卻是發覺到不妙了，旋即扭頭對付周宣。而另外兩隻怪獸也奔了過來，六隻怪獸團團把他們幾個人圍了起來。

周宣力氣大增，雖然不能飛行，但力量已經不是人類能達得到的，當即一手一個，把魏海洪和路易士提起來遠遠的扔出去。

這一扔就是三十多米遠，而周宣扔的力道中還有些巧勁，在別的情況中，扔出這麼遠的距離，不摔死也得殘廢，但周宣的勁力很巧，控制得很好，把兩人扔出去後，兩人一落地便像是自己坐到地上一般，一點兒也沒覺得疼痛感覺。

周宣幾乎又在同一時間中，把法斯和另一個保鏢提起來扔出去，只不過他還沒有自己跳出來，那六隻怪獸的火焰便即狂噴了出來，周宣知道自己能吸收牠們的火焰，所以也不驚慌，任由那些火焰噴射到他身上。

火焰一上身，周宣那衰弱了許久的皮膚頓時興奮得如同兔子般跳動不已，瘋狂興奮地吸收著火焰能量，只是火焰能量還是弱了，遠達不到他需要的強度和量度。

而在遠處觀看著的路易士和魏海洪等人也都睜大著眼睛直發呆，見到這種奇異的情形，當真是無法形容的驚詫，那讓野獸能在一瞬間就熔化掉的高溫火焰，包圍著周宣時，卻是如同遇到滅火器一般，只是閃動了兩秒鐘就消失不見。

周宣一伸手，便捏住了那兩隻噴火的小怪獸，怪獸在他手中掙扎不已，但也只是掙扎了兩三下，便即火紅褪去，化為一隻褐色的乾枯骨架，有如腐爛掉只剩骨架一般！

周宣在吞噬了這兩隻怪獸的能量後，眼神變得強了起來，眼中射出一道光束，將另外四隻怪獸束縛住，讓牠們逃竄不得，跟著再伸手一一捏起來，吸爲乾枯的骨架。

周宣的動作把其餘等人驚得目瞪口呆，周宣的神奇已經讓他們驚奇不已，但卻沒想到會神奇到如此的地步。

六隻怪獸的能量讓周宣精神煥發，要飽不飽的情形讓他不能自主，迅速奔到熔漿池子邊，雙手一振，熔漿龐大的熱能噴出兩條柱子，與周宣的雙手一接，周宣閉上眼，如渴了數萬年一般，盡情吸收著熔漿的熱能。

地底熔漿的能量，幾乎是無窮無盡的，跟正常的太陽光能吸收時，也並不遜色。

周宣閉著眼狂烈吸收著熔漿的能量，他並不知道，當他瘋狂的吸收時，活火山一般的熔漿池子竟然逐漸冷卻下來。因爲熱能消失，它們便維持不了熔點的高溫，便會冷卻下來！

不過，當熔池冷卻下來時，熔漿池子中間卻忽然爆裂開來，天搖地動，本來是如泉水一般的活火山熔漿池，熱量消失後，外部冷卻下來，中心卻是爆漲，產生了驚天動地的大爆炸，爆炸力比地球上最強的核彈能量還要更強大得多！

在這一刻，周宣只覺得精力充沛，異能在剎那間恢復到了以前最強的境界，地底熔漿的強大能量源源不絕地補充著他虛耗的體能！

周宣渾然顧不及其他，只是忘我地猛烈吸收著熔漿中的能量，但他卻不知，在他狂猛的

吸收之下，整座海島開始搖晃起來，大地也「喀嚓」起了無數裂縫，濃煙從裂縫中升騰而出！

遠處正看著的鮑勃和魏海洪等人都是大驚，只是鮑勃等人卻是爲自己的性命而驚，而魏海洪卻是擔心周宣的安危而驚！

一時間，眾人都驚慌失措地大叫起來，也正是這大叫聲把周宣從忘我中驚醒過來！

周宣呆了呆，然後看了看四周，天地似乎要崩裂了一般，當即運起異能透視地底情況，這一看頓時吃了一驚，原來是他狂猛的吸收了地底熔漿的能量，引發地底熔漿運動，大地裂陷，火山爆發，這倒是想不到的事情了！

不過，好在就在此危險時刻，周宣恢復了強大的異能。一驚之下，隨即飛起，剎那間就到了魏海洪的身側，手一提，將他和挨在他身邊的路易士一起提了起來，想了想，又對旁邊的人說道：

「你們儘量抓著他們兩個人！」

其他人不明白周宣的話是什麼意思，但法斯對周宣的話深信不疑，知道他是不會害他們的，聞言當即緊緊抓著路易士的身體。

而鮑勃等人見腳底下的地面到處裂開深不見底的大裂縫，熔漿迸出，已經是驚呼著四下逃竄，並沒有聽從周宣的話，在這個時候，他們還是選擇了自己逃命，而沒有選擇聽從周宣的話。

周宣雖然能力超強，但他也沒有三頭六臂，一下子也抓不了那麼多人，所以話聲過後，也不再多說，腳底下的地面又轟然炸裂，當即飛身到天空中。

魏海洪和路易士、法斯三個人懸在半空中，又是驚呼一聲，周宣叫道：

「法斯，抓穩了，千萬別鬆手！」

他自己一手抓住了魏海洪和路易士，在天空中飛行，此時他的能量充沛，眼神如電，海島的能量罩被他探測得清楚，運起異能一撞，便即撞破，在半空中，熊熊的太陽光照射在他身上，太陽光能更是源源不斷地進入到他體內，暖意盈盈，這天下間，又可以任他遨遊了。

在地面的險境中連連逃竄的鮑勃等人，看到周宣帶著魏海洪和路易士、法斯三個人升上天空後，頓時又驚又悔！

周宣原來真有這麼奇特的異能，當真能飛天遁地一般，而剛剛叫他們抓緊路易士和魏海洪的身體，原來就是要帶著他們一起逃走的，但自己卻是不相信他，選擇了四下逃竄，這一下腸子都悔得青了！

其他人絕大部分都掉進了裂開的地縫之中，被熔漿吞噬了，而鮑勃則險險地抱住了一塊岩石，然後朝著天空中的周宣大叫道：

「周先生，救救我，救救我……」

周宣嘆了一聲，沒有辦法，他此時不逃遠一些，對魏海洪等人是有生命危險的，他自己雖然沒有問題，但爲了魏海洪，就不得不捨棄鮑勃等人了。他想要救也沒有辦法了，除非是不顧魏海洪的生死。

而周宣此時在空中，離地面的距離至少有一千米以上，所以只有他一個人能聽見鮑勃的叫聲，而魏海洪和路易士和法斯三個人一點都聽不到，周宣更不遲疑，加快了速度，迅速飛離海島上空。

鮑勃手一軟，再也支撐不住，滾落地縫之中，慘呼聲中，懊悔不已，悔沒有聽從周宣的話，而瞬間，海島上到處是熔漿翻滾，烈焰縱起上千米高，火山終於爆發了！

也幸得周宣已經飛離了海島上空，因爲帶著三個人，他不能以他的速度飛行，而是低了很多，然後又要分出一部分能量來維護三個人免受空氣摩擦而引起的高溫。如果沒有他的異能護體，就算以他現在的速度，也會把三個人燒成焦炭。

周宣分出異能保護了魏海洪三個人，自然也不能以超高的速度飛行了，不過，就算不能用他那驚人的速度飛行，也比世界上任何一種飛行器的速度都要快，從海島上空飛行到離海岸只有一二十里的樣子，周宣便停下來，將三個人放到海面上，然後慢慢往前游。

雖然只有一二十里的距離，但真要靠游泳的話，那也是游不回去的，不過在這個區域以內，過路的船隻就多得無法計算了，所以周宣並不擔心。

果然，沒到五分鐘，就有兩艘船經過，一艘是漁船，一艘是貨輪，在路易士和法斯的叫喊之下，漁船停了下來。

把舵的漁民趕緊放下救生圈，讓船員們趕緊救人。船員們把魏海洪和路易士、法斯等人救起來後，最後才是周宣。

當然，周宣沒有受傷，其他三個人也都沒有受傷，路易士和法斯知道周宣是不想讓別人知道他的能力，也還在驚詫周宣的能力，又嘆他們的運氣當真好，如果不是跟隨著周宣，今天就是他們的死期了，這樣的危險境地，環顧天下間，肯定再沒有一個人能這樣救他們，只怕是也只有周宣才有那個能力！

等到了海岸邊，周宣幾個人向漁船上的人員千恩萬謝，然後回到岸上。

周宣這才對魏海洪等人說道：

「洪哥，路易士，法斯，這件事就不用我多說了，你們也知道應該保密的，雖然我並不是十分在乎，但爲了你們自己的安全，還是儘量不要說出這個事。」

魏海洪當然明白，路易士和法斯兩個人也直是點頭，紛紛說道：

「周先生，沒有問題，這件事，我們就是死也不會說出去的。」

周宣沉吟了一下，不知道要跟路易士和法斯兩個人怎麼說，天下間自然沒有不散的宴席，到了岸上，得讓路易士和法斯回到原來的生活當中，而他則要把魏海洪送回去。

路易士想也不想便說道：

「周先生，我路易士是個獨來獨往的人，也沒有親人，也因爲跟周先生做了一些事，我想請周先把我留下來吧，我給你當僕人，跟你做事，別的地方我再也不想去了！」

而法斯同樣隨聲附和著，他跟路易士的情況差不多，無牽無掛的，本來這條命就是周宣救回來的，今天又見到周宣這般不可思議的超人能量，如何不震撼？這樣的人，就算跟了也不後悔，再說，周宣又是個有情有義的人，這段時間以來他們看得很清楚，跟了他，絕不會吃多大的虧。

周宣看著路易士和法斯真切的表情，心裏一動，心想：自己不是正要招納一批國際雇傭軍嗎？把他們帶回去倒是正好，比起別的人肯定是要好一些。

這兩人經過這一次的經歷，又因爲自己救了他們，相處這麼久後，大家還是有一些交情，再說，路易士和法斯顯然是對他死心塌地的了，要他們來招納另外的傭軍，肯定是最佳人選，而且他們又是其中高手，做這些輕車熟路！

周宣想了想，便對路易士和法斯說道：

「你們要留下來，我倒也不反對，不過，我還是先說一下，跟著我也可以，但你們可是要把之前的浪子習性以及亂殺嗜殺的性格改掉，到我那兒，除了保護我的家人之外，就是保護你們自己的家人和朋友，沒有別的事做，我們的家園，不可以那麼血腥！」

路易士和法斯一聽，頓時大喜起來，只要周宣願意收留他們，做什麼都無所謂，反正周宣那麼有錢有勢，絕不會虧待他們。

周宣見二人並無異議，當即攔了一輛計程車，然後與魏海洪、路易士、法斯等人上車趕回唐人街的家中。

回到家裏，周宣見到了李爲、王欣，以及王欣的父母等人，他們都在傅家等候著周宣回來。

周宣顧不及與他們交談，心裏想念著妻子兒女以及父母親人，趕緊拉著笑吟吟的傅盈，狠狠親了一口，也不顧有他人在場了。

傅盈臉一紅，雖然與周宣做了這麼久的夫妻，還是有些害羞，掙扎了一下，然後才對周宣說道：「周宣，聽李爲說你有急事要辦，心想不是一天兩天的事，李爲他們昨天才到，怎麼你今天就回來了？事情辦好了嗎？」

周宣一怔，詫道：「什麼？李爲他們昨天才到？」

這一下，周宣以爲李爲和王欣等人是在國內耽擱了，只是自己明明送他們到機場的，難

道路上出了什麼事？還是發生了什麼意外？

李為大大咧咧地道：「從城裏到紐約，也就二十個小時，因為時差的原因，在漂亮嫂子家裏狠狠睡了一天呢，才剛睡醒你就回來了，幹什麼去了？」

周宣徹底發愣了，明明過了那麼久的時間，在海上漂蕩了那麼多天，又在海島上被困了那麼久，怎麼可能才一天的功夫？

難道是又穿越了時間嗎？

不過周宣估計著，有可能是海島那個神秘能量的原因吧，極有可能在海島上的時間是慢的，所以一出那個海島，外面只不過是過了一天而已！

又問了一下日期，周宣才驚訝地發現，在現實生活中，他真的只離開了一天！

隨後，美女管家羅婭進來對周宣彙報了一個讓周宣興奮的消息：

「周先生，我以前在歐洲出任務時，認識了一些各國政要，現在倒是起了一些作用。我聽周先生以及傅老先生說起，想買下一塊獨立的土地或者島嶼，剛好我從義大利的一個官方高層朋友那兒得知，在馬爾他島東南面九十公里處，有一個有爭議的島，名叫『聖米諾塔』島，是義大利、英國、阿拉伯與馬爾他互有爭議的一個島嶼。

這個島有六十六平方公里，以前有二十萬人口，因為有爭議，時而引發衝突，島上居民已經撤離那裡，所以，這個島已經成了一個空島，幾個國家的政要似乎都有意想把島嶼賣給國際上的大買家，所以我一想到周先生所說的話，便跟他聯繫了一下。

對方初步是有這個意思，四國政要據說想以三十億歐元出售永久使用權，我想壓壓價，說這個價碼太高，聽他們的意思，有些鬆動……」

周宣心裏一喜，當即把爺爺傅天來和傅盈叫到一起，幾個人與羅婭到書房中細談。

經過一番瞭解過後，周宣才算明白，這個聖米諾塔島在以前就是個有爭議的島，幾個國家的政要進行了一系列的投資，大約有二十億歐元，主要是進行電力水力等資源的投資，其收入來源也完全依賴旅遊收入，但收入不盡理想，與投入資金有巨大反差，讓這些政要們起了撤資的念頭。

但先前投入的巨額資金根本無法收回，幾國政要於是便起了把島嶼使用權賣出去，收回大筆資金的念頭。

但這麼一座孤島，又沒有任何資源，除了很少的旅遊收入，本身的地質資源很枯竭，就是淡水和電力也都是從九十公里以外的義大利以海底通道輸送過來，而那些政要的投資，其實大部分都投在了這個上面，現在想賣出去，確實很難。

國際上的超級富豪們也有中意的，但出資最高的，也只有五億歐元，這就與他們談不攏了，差距太大。

周宣一聽說島上是個空島，一切建築都有，水利電力設施完好，甚至在島的西南方還有

一個中小型的機場以供進出，東面建有一個海港口，可以供大型貨輪進出，整個島的面積有六十六平方公里，如何不喜？

錢的問題，對別的富豪們來講，或許是一筆收不回來的大投資，但對周宣來講，只不過是一堆石塊，把它們變成金塊後，要多少有多少，如果不是因爲不想擾亂國際黃金市場，周宣可以無節制地製造黃金。

其實不用製造黃金，以傅家的財力也足夠支付，以前或許不能，但自從靠周宣的巨額黃金支援後，傅天來的團隊在華爾街得到了天文數字的財富收穫，一舉讓傅家變成了世界首富，手中的閒錢也就多了。

但錢再多，周宣也不想過分地扔錢出去。在書房中跟傅天來一商量，然後讓羅婭聯繫她的朋友，說願意以三十五億歐元的價格購買聖米諾塔島。

從來沒有人出超過五億歐元的高價，周宣一次出了三十五億歐元，足見誠意。而且，一旦談妥，他還可以先拿出十億歐元的保證金，如果當場談定簽字的話，可一次就將餘款付清。

周宣這番話就很誘人了，在世界經濟不景氣的大局面之下，能一下子掏三十五億的現金出來，那可不是簡單的事。換了任何一個富豪，恐怕也拿不出來這麼多現金的，即使他有遠超於這個數字的財富，但都不可能是流動現金。

這個話，恐怕也只有周宣才敢說出來。

對方在羅婭的交涉下，又商討了一陣，對方提出了一個新價碼，三十六億歐元。因爲島的欠款是二十六億，而擁有這個島的主權國又有四個國家，所以便加了一億，零頭還掉債務後，還剩下十億現金，四方主權人可以平均分配，不用怕不公平。

周宣當即拍板答應下來，然後吩咐羅婭準備模具，準備弄出三十六億歐元的現金出來。

三天後，周宣、傅盈、傅天來、羅婭、王欣一行人，在馬爾他首都瓦萊塔與這四國政要簽訂了購買合約，周宣並當場交付了三十六億歐元現金的支票。

此時，他算是真正擁有了聖米諾塔島的主權，成了這個島的國王。

再之後的半年內，周宣在島上修建了無數的大樓設施以及一些軍用設備，包括糧油等儲備設施。

一年後，才算大體峻工。

至此，周宣的人馬才陸續搬到聖米諾塔島上。

因爲羅婭的關係，周家與鄰近的國家也有密切往來，而周宣已經不需要再隱藏，對這些國家的政要軍統高層顯露了他的異能，震懾了他們，讓他們不敢輕易對他擁有的聖米諾塔島有什麼不良舉動。

所謂拳頭硬才是硬道理，周宣的實力就不用說了，這些軍政要員們根本就不敢對周宣有任何不良舉動，周宣的能力已經不是他們能夠望其項背的。

即使用核彈，就算把周宣的家人朋友都毀掉了，也決計毀不掉周宣本人；若是毀不掉他本人，那就要等著接受周宣的報復了。所以，也沒人會起那個心思。

再說，周宣雖然能力超強，卻沒有什麼野心，並不像某些小國獨裁軍人，一旦有那樣的能力時，就一心想要統治整個地球。而周宣根本就沒有那樣的野心，他只是不想被任何人或者任何國家欺凌騷擾，而現在，他的確是有了那樣的能力。

那些軍政要員們還對他很巴結，因爲，如果他們在各自的國家裏受到排擠，有危難的時候，說不定到周宣的聖米諾塔島來，還是個很好的投靠。因爲，別的國家再狠，也不敢跟周宣鬥狠，不看僧面也得看佛面吧。所以，只要周宣不反對，能留下他們，幫助他們，那就不會有危險。

周宣建立好他的島嶼建築，而路易士和法斯等人則配合傅家的保鏢們，在國際上招聘了一大批無家可歸的國際傭兵，建立了一支約五百人的軍隊，用來保護聖米諾塔島所有人的安全。

當然，周宣的能力才是聖米諾塔島最安全的保證。

而周宣在世界各地的產業也經營得蒸蒸日上，源源不斷地給他製造著財富，他也無需再製造更多的黃金來支撐。

周宣的家人朋友們，幾乎願意到聖米諾塔島來居住的都來了，包括李為、周瑩、周濤、李麗，以及李麗的父母，王欣的父母，還有那些保鏢軍人的親人。

周宣一切都接納，在聖米諾塔島，就等於是周氏全球財團的總部，無需進行任何商業活動，只是一個舒心的世外桃源。

某一日，周宣打電話讓魏海洪到島上來休閒散心，飛機在島上的機場停落後，從飛機上下來的人中，周宣一眼看到了在魏海洪身邊緊挨著的魏曉晴，不禁怔了怔。

魏曉晴抿嘴一笑，問他：

「你是不是不歡迎我來？那你把我送回去吧！」

周宣訕訕然不好意思，旁邊的傅盈卻是笑吟吟地道：

「曉晴，我歡迎你，來來來，我帶你去參觀參觀！」

在傅盈身邊的小思周很好奇地盯著魏曉晴，已經兩歲半的小思周已經會說兩國的語言了，很是聰明，看著魏曉晴，又是親暱又是驚訝地說道：

「阿姨，你好漂亮啊，跟我媽媽一樣的漂亮！」

魏曉晴瞧著可愛的小思周，覺得他眉眼極像一個人，但又想不起來是誰，手撫著他的

頭，然後問道：

「小朋友，叫什麼名字啊？長得真可愛！」

小思周回答道：「阿姨，我的名字叫周思周，聽說這個名字是媽媽取的，我覺得不好聽，後來媽媽又給我取了另一個名字，叫念雨，這個名字挺不錯，所以我就用魏念雨這個名字了，而且我妹妹叫思雨！」

魏曉晴一怔，原來姐姐的孩子小思周竟已長得這麼大了。

茫然間，在魏曉晴身旁的魏海洪一把將小思周接過去，抱在懷中，然後在他臉蛋上親了一口，說道：

「好吧，你喜歡念雨這個名字就叫念雨吧，我是你的外叔公，叫我一下！」

小思周似乎從來沒有見過這個陌生的外叔公，他的外公外婆一直在歐洲，有空回來，就給他和妹妹帶許多好玩和好吃的東西，有時候，也帶他和妹妹到許多國家遊玩，但眼前這個外叔公，還真是陌生。

傅盈過來教著小思周：「念雨，這是你的親外叔公，還有這個漂亮阿姨，她是你的親小阿姨，你以後對小阿姨要像對媽媽一樣的好，知道嗎？」

小思周哪裡懂那麼多，但聽了傅盈的話後直是點頭，說道：

「媽媽，我會的，我會對小阿姨好，也會對媽媽好！」

人。

魏曉晴不禁淚如雨下，在港口處望著茫茫大海，好半天才回過頭來，望著周宣傅盈兩人。

傅盈上前拉著魏曉晴的手，輕輕道：

「曉晴，什麼都不要想了，人生短暫，眨眼就過了，以後你就在這裏生活，這個家，也同樣是你的家，我們就是一家人！」

周宣望著傅盈清澈如水的眼睛，又看看魏曉晴那渴求又擔心的表情，忍不住嘆了一聲，伸出臂膀，將兩個人攏到自己懷中。

（全書完）

全書以天寶盛世和安史之亂的大唐歷史為表，
以墨家與儒門、千門等江湖隱勢力的千年之爭為裏，
譜寫了一段不同於編年史的江湖隱秘外史。

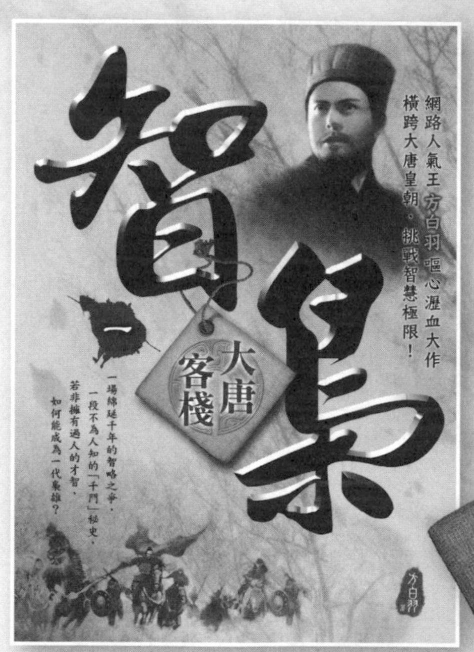

2014年
1月
風暴出版

看似繁華興隆的大唐盛世，竟暗藏著波濤危機；
一場安史之亂，如何竟替大唐埋下滅亡的伏筆？
先秦一塊墨玉殘片，藏著怎樣的歷史奧秘？
千年之後的大唐，這塊墨玉殘片，又將引發什麼樣的江湖恩怨？
學術大家的儒門、自成宗師的墨家，又會與老千始祖的千門一派有何關聯？

作者介紹

方白羽，首倡「智俠」概念，武俠、奇幻兩棲，奇幻以《遊戲時代》系列聞名，武俠則以《千門》一書，成為目前大陸新武俠界最炙手可熱的新晉天王，被稱為「智俠之父」。

智梟
一 大唐客棧
二 邊塞風雲
方白羽 著

淘寶黃金手II 卷十二 超級對決

作者：羅曉
出版者：風雲時代出版股份有限公司
出版所：風雲時代出版股份有限公司
地址：105台北市民生東路五段178號7樓之3
風雲書網：http://www.eastbooks.com.tw
官方部落格：http://eastbooks.pixnet.net/blog
Facebook：http://www.facebook.com/h7560949
信箱：h7560949@ms15.hinet.net
郵撥帳號：12043291
服務專線：(02)27560949
傳真專線：(02)27653799
執行主編：朱墨菲
美術編輯：許惠芳

法律顧問：永然法律事務所 李永然律師
北辰著作權事務所 蕭雄淋律師

版權授權：蔡雷平
初版日期：2014年1月
初版二刷：2014年1月20日
ISBN：978-986-5803-42-1

總 經 銷：成信文化事業股份有限公司
地　　址：新北市新店區中正路四維巷二弄2號4樓
電　　話：(02)2219-2080

行政院新聞局局版台業字第3595號 營利事業統一編號22759935

定價：280元　特價：199元

國家圖書館出版品預行編目資料

淘寶黃金手II／羅曉著. -- 初版-- 臺北市：風雲時代，
2013.07 -- 冊；公分

ISBN 978-986-5803-42-1（第12冊；平裝）

857.7　　102010303